行列のできる不思議な洋食店

The mysterious restaurant makes line of people.

土曜の夜は
バケモノだらけ

秋目人

Zin Akime Presents

第一メニュー

骸骨男とカレーライス

もうすぐ、二時限目が終わる。隅《すみ》っこの席に座り、講義を受けていた結《ゆい》は、小教室の掛け時計を見た。土曜日は三時限目まで講義がある。

二時限目が終われば昼休みだ。当然、三時限目はその後。

つまり、あの魔の時間を大学で過ごさなければならないということだ。

大学生活も一年生の秋になった。結は世間では女子大生と呼ばれる身分だ。

いわゆる、キャンパスライフ。実家を出、ひとり暮らしを始め、サークル活動やバイトに勤しむ――。

結はため息をついた。荷物を持って席を立つ。声をかけ、一緒に行動するような友人はいまだにいなかった。一人歩き出しながら、憂鬱《ゆううつ》な気分で魔の時間――昼食について考える。

どうせ十分もあれば食べ終えられる。……十分の辛抱《しんぼう》だ。自分を奮い立たせる。

「先生もどうですか？」

聞こえた会話に、結はふとそちらに顔を向けた。

二時限目の講義担当の女性教授がまだ小教室に残っていて、結と同じクラスの女子学生数名と談笑していた。大学にも、高校でいうクラスはあって、結の通う大学では専攻と選択の外国語によって振り分けられている。その専攻学科の学生とは何かと必《ひっ》須《す》科目が被《かぶ》ることになる。結果、たとえ滅多に話すことはなくとも、顔と名前はお互いに覚えてしまう。

「そうね。せっかくだから、クラスの皆さんと食べましょうか。小松《こまつ》さん、笹原《ささはら》さん、須藤《すどう》さん、──山嶺《やまみね》さんも」

すでに視線を外し、俯《うつむ》きがちに通り過ぎようとしていた結は、最後に名字を呼ばれ、今度はぎょっとしてそちらを向いた。女性教授はニコニコしているが、教授と話していた女子学生たちは眉《まゆ》をひそめている。

「……山嶺さんもですか？」

その中のひとり、小松咲良《こまつさくら》が、問いを発した。他人行儀に咲良に名字を呼ばれ、僅《わず》かに胸が痛んだ自分を結は自覚した。

「この間のグループ発表、山嶺さんも一緒だったでしょう？」

教授による割り振りで決まったグループだった。与えられた課題をまとめて、グループで発表をする。試験がないかわりに、発表が採点され、かつ、ひとりでも講義に出なかったり、脱落すると連座式でグループの全員が単位をもらえなくなる方式だった。咲良たちとのグループ発表がすむまでの間、土曜日の二時限目は、とくに胃《い》がキリキリしたものだ。……きっと、打ち解ける機会だったはずなのに。

しかし、発表前と後では、むしろ事態は後退してしまった。

「それは、そうですけど……」

咲良たちが顔を見合わせる。ついで、すらりとした長身の咲良が結に視線を落とした。さっと結は視線を逸らす。不快げに咲良が形の整った眉をひそめ、顔をしかめたのがその間際に見えた。

「あなたたち、大学関係者用の食堂で食べたことはある？　そこでどうかしら？　さ、行きましょう」

結も参加することになってしまっている。結は断りの文句を口にしようとした。

「……わかりました」

が、仕方なく、という風に了承した咲良の言葉に、喉《のど》の奥へと消えてしまった。


結は地元から、東京へ上京してきている。知人など誰《だれ》一人いない上京だった。

だが、そこで、結は嬉《うれ》しい再会を果たした。それが小松咲良だ。

小学生の頃《ころ》の友達だった。名前が同じだし、なにより面影があった。中学からは学校も別で、ずっと会ってはいなかったものの、すぐに楽しく遊んだ記憶が思い出された。なのに、自分から話しかける勇気はなかった。

長いブランクがある。躊躇《ためら》いがあった。できたのは咲良のほうを見ることだけだ。話しかけようと一歩踏み出そうとし、やっぱり止める。そんなことを繰り返していた。しかし、専攻クラスの初顔合わせで、すぐに他の新入生と打ち解け、笑顔で話していた咲良は、結を認めると、こちらがまだ何も言っていないのに、名前を口にした。

『……山嶺、結？』

だから、咲良も覚えていてくれた、と思った。また仲良くなれるのかもしれない。

『う、うん！　咲良ちゃん……だよね？　ひさしぶり』

しかし、結がそう返すと、咲良の瞳《ひとみ》には、強い嫌悪が浮かんだ。

『……山嶺結』

咲良からは完全に笑顔が消えていた。

『……まさか、忘れてるの？　信じられない』

吐《は》き捨てるかのように、咲良が言った。

それ以外に、会話らしい会話はほとんどなかった。忘れているとは、何だろう。言葉の意味も、わからなかった。感じたのは、ひどく疎《うと》まれているということだった。

咲良は他薦《たせん》で今年のミスキャンパスにエントリーされたほどの美人だ。輪の中心にいるタイプで、活動的。そんな咲良は、結を嫌っている。だから、グループ発表のときも、空気は最悪だった。いじめのようなものはない。ただ、結がどの輪にも入れないでいるだけだ。

「――山嶺さん、大丈夫《だいじょうぶ》かしら？　それ、美味《おい》しくなかった？」

もしかしたら、教授は、結がぼっちなのを密かに気に掛けてくれていて、故意《こい》に食事に誘ってくれたのかもしれない。いまも口数少ない結を会話に入れようとしている。

「そ、そんなことないです。美味しい、です」

教授が味に太鼓判《たいこばん》を押した、日替わり定食のおかずであるタルタルソースがかかったフライをもぐもぐと咀嚼《そしゃく》する。笑顔を作った、つもりだった。

「……ごめんなさいね」

だが、作れていなかったようだ。逆にフォローされてしまった。

「好き嫌いってあるものね。でも、嫌だったのなら、好きなものを頼んでくれて良かったのよ？　いまからでも別のものも注文する？」

「いえ、本当に、これ。美味しいですから」

「そう……？」

納得してはいないようだったが、教授が苦笑した。結は必死に食べた。しかし、食べれば食べるほど、食事の時間が気詰まりなものに変化してゆくのを感じた。

見かねたように、教授が口を開いた。

「あのね、山嶺さん。残しても、いいんじゃないかしら？」

結の箸《はし》が止まる。

「もしかして、体調が悪かった？　そんなに辛《つら》そうに食べるのなら、無理をしなくても……」

「先生、はっきり言ったほうがいいですよ」

飲んでいた水の入ったコップをテーブルに置いた咲良が、結に白《しら》けた視線を向けた。

「あなたのせいでせっかくの食事が不味《まず》くなるって。――誘ったのは間違いでしたね。本当、最悪」


人間には三大欲求がある。食欲、睡眠欲、性欲だ。

では、その一つ、食欲を満たすはずの食事が苦行《くぎょう》になってしまった場合は？

気まずい空気で解散した昼食の後、三時限目の講義を惰性《だせい》で終え、結は四月から住むようになった1Kの一室に帰ってきた。

何もする気が起きず、そのまま眠ってしまった。起きたのはお腹がすいたからだ。外はもう暗い。夕食を食べていなければならない時間帯だ。

入居前からもともと備え付けられていた小さな冷蔵庫を開ける。容量は百リットルに満たない。いろいろ食品を買えばすぐいっぱいになってしまう容量だが、活用しているとはお世辞にも言えない。

「からっぽ」

ミネラルウォーターが三本。ゆで卵が一個。結はゆで卵を手に取った。ちょっとの間見つめる。殻《から》を剝《む》こうとして、思い直した。殻ごと、嚙《かじ》る。殻のバリバリとした感触と白身の弾力は感じる。ぼそっとした感じから、黄身も食べている。

でも、どの部分も同じだ。

――味がしない。

無理にたとえるなら、紙を食べているかのような――ひたすら水を味わっているような単調さが続くのみだ。やわらかいものも固形物も、どれも水。塩気も甘みもない。不味くすらない。

水だって、コップ一、二杯なら問題ないだろう。合間に他のものを食べたり、飲んだりするから、飽きることはないし、美味しく感じる。

しかし、水は水でも、見た目は水ではないのに――どんな色や形や匂《にお》いをしていても――どれも水なのだ。ひたすら無味。それが結にとっての食事だ。これはただ不味いとも違った、ひどい苦痛だ。毎日の食事が嫌になる。

食べる際の表情だって、どうしても負《ふ》の色を宿したものになってしまう。よくて無表情だ。これは、人付き合いをする上で、明らかな弊害《へいがい》だった。

誰かと一緒に食事をする。味がしなくても、結は美味しいフリをする。しかし、最初はよくても、食事が進めば進むほど、演技は苦しくなってくる。そして今日のお昼のように、ボロが出る。楽しさを共有するどころか、相手の気持ちすら害してしまう。

じゃあ、はじめから自分の味覚について打ち明けていればいい？

食事で気を遣わなければならない、それほど親しくもない人間と一緒にプライベートで食事に行こうと思うものだろうか。

そういうのは、きっと親しい人間が相手だからこそ、ではないだろうか。

その、親しい、を結はクリアしていないのだ。

口の中がゆで卵の殻でジャリジャリする。殻ごと呑《の》み込んだ。

こんな有様なのに、総合病院で受けた徹底的な最新検査では、舌《した》の機能自体に異常はないと診断された。結は、『食べ物』以外――金属の苦みなどは感じている。『食べ物』限定で無味だったのだ。原因は、舌ではなく、何か別に原因がある、と。

その何かって何なのだろう。解決策はまったく見えない。

ゆで卵一個の収まった、胃のある辺りに掌《てのひら》を置く。

まだ空腹だ。また眠ってしまおうかな、と一瞬思う。しかし、お腹が音を立てて自己主張したので、結は観念した。

いつものコンビニで、何か買って来よう。


「……ん？」

結の住むアパートから、行き慣れたコンビニへ向かう途中には、ちょっとした観光地の不動尊《ふどうそん》がある。仁王門《におうもん》へ入ってゆく参拝客を見て、結はシャツの袖《そで》で目を擦った。

「…………天狗《てんぐ》？」

赤い顔に大きな鼻。手には葉っぱのような扇《おうぎ》を持っている。着物姿。背がとても高い。下駄《げた》を履《は》いている。門をくぐっていってしまった後ろ姿を呆然《ぼうぜん》と見送る。やはり天狗だ。そして他の通行人を見れば——漫画《まんが》か何かだろうか、キャラクターものの衣装などに身を包んでいる人がチラホラ見掛けられた。

通りを歩き、ある看板を目にしてようやく結は合点《がてん》がいった。

観光協会主催で、駅前一帯の商店街が参加しているイベントだ。夕方から開始されたらしい。

イベントでは仮装コンテストが開催され、仮装したままで商店街を利用した人には、参加店がサービスを行う。スタンプラリーもあるらしい。他にもいろいろ用意されているようだ。

ここ一帯で結が利用したことがあるのは、この先のモノレール駅と、コンビニぐらいだったが、当然他にも店はたくさんある。

どの通りも、イベント用の古風な電飾で飾られている。通常の外灯はわざわざ使用していないようで、夜の通りがいつもより暗い。雰囲気《ふんいき》のある風情だ。

しかし、結に参加する気はなかった。第一、仮装していない。

――それにしても、意外だ。かなり参加者がいるようだ。コンビニへの道すがら、歩くほどにこのイベントの参加者らしき人々が増える。しかも、かなり本気度合いの高い仮装ぶりな人ばかりだ。

ふと、結の足が通りの半ばで止まった。

大行列ができている店があった。並んでいるのはいずれも仮装者で、その仮装ぶりもあいまって目をひく。イベント関連だろうか？　その店の看板を見ると、洋風家庭料理店『すずらん』とある。

飲食店だ。途端、結の興味は著《いちじる》しく減少してしまった。そこがどんなに人気店でも――こんな大行列ができているような店であろうとも、結には縁《えん》のない場所だった。

結は、再び歩き出した。目指すコンビニへ向かう。ずらずら続く圧巻の行列に目を奪われながら、コンビニの自動扉の前に立った結を迎えたのは、無情な張り紙だった。

『本日午後五時より、改装作業により臨時休業いたします。お客様にはご迷惑をおかけいたします』

なお、新装開店日は三日後のようだ。

家に帰りたくなってしまった。なのに、お腹は依然として空腹を訴えている。

このへんに同じチェーン店はあっただろうか？　結が普段利用しているコンビニは、店舗《てんぽ》数《すう》では全国第三位ぐらいだが、結基準で食べやすいメニューが多かった。スマホで調べてみると、同チェーン店のコンビニは、三キロ先にはあった。

「三キロ……」

同チェーン店にこだわらなければ、駅ビル内を含め、周辺にコンビニは数店舗ある。スマホを見つめ、改装中のコンビニの自動扉に背を向ける。そして、目を瞠《みは》った。何だか、道が妙にすっきりしているな、と思ったのが最初の違和感だった。それもそのはずだ。仮装者の大行列が綺麗《きれい》さっぱりなくなっていた。

自分の見間違い？

さきほど行列に圧倒されながら歩いた道を戻ってみる。その最中、通りを歩いているのが、完全に仮装者だけなことに結は気づいた。彼らの仮装具合に差はあるものの、普通の格好をしているのは結ぐらいだ。……大丈夫だろうか。通行規制などはされていなかったようだけれども、こうも仮装者ばかりだと不安になってくる。

洋風家庭料理店『すずらん』に近づく。

「あ、ほらここだよ、ここ」

「さっき行列できてたとこ？」

結と同年齢ぐらいだろうか。猫耳《ねこみみ》と尻尾《しっぽ》の仮装をした男女が、結を追い抜いていった。『すずらん』を指さし、立ち話をしている。しかし、様子がおかしい。

男性のほうが店の扉のドアノブをガチャガチャと回し出した。

「もう、何やってんの？　会員専用って書いてあるし、別のところに行こうよ」

「でもさ、開かないと誰も入れないじゃん、これじゃ会員だって入れないって。それに、資格があればって書いてあるしさ」

「……もういい」

女性のほうが尻尾をなびかせながら行ってしまい、慌てて男性が後を追う。

結は様子を窺《うかが》うようにして、洋風家庭料理店『すずらん』に近づいた。

時刻は夜七時過ぎ。『すずらん』から漂う料理の匂いが空腹を刺激する。匂いに釣《つ》られ、ふらふらと結の足がさらに動く。男性が回していたドアノブのある扉の前まで来てしまった。

そして、なぜあのカップルが入店を断念したのかを理解した。

白い木製の扉にはサインプレートがかかっている。普通は、『準備中』だとか、『営業中』と書かれていることだろう。しかし、これには『会員専用時間帯です』とあるのだ。後にはこんな文句も続く。『ただし、会員資格を有する方も入店可』と。

他には一部のメニュー表が店頭に置いてあり、そこには会員割引があるらしい旨《むね》も書いてある。会員だと消費税分が割引になるようだ。

あの行列の仮装者も、全員が会員……だったのだろうか？　もしくは貸し切り、予約の列で、だから異常な早さで行列が消えたのかもしれない。並ぶのを止めてしまった人だっていただろう。

「――入るんでしょうか？」

背後から声を掛けられ、結は飛び上がった。

「は、はいっ！」

場所を忘れていた。店の入口前で長考していれば、他のお客さんの邪魔だし、店にとっては営業妨害だ。脇《わき》にずれてから振り返って頭を下げた結は、顔をあげて、一瞬、息を止めた。

いえいえ、と胸の前で手を振ったその人物の手が骨だったからだ。さらには、結の身長に合わせて相手が少し屈《かが》んだため、フード付マントを着用している、その奥にある顔が骸骨《がいこつ》だとわかってしまった。背に大鎌《おおかま》を背負っていることも。

ひっと声をあげそうになってしまった。だが、何とか結は自分を落ち着かせた。

なにも怯《おび》える必要はない。散歩中に出会ったら悲鳴をあげて逃げ出す見た目をしている人物でも、今日は特別だ。仮装した人はもう何人も目にしている。きっと、イベントの参加者だ。いくら良くできていても、それはメイクや衣装、小道具のおかげ。仮装という一皮？を剝けば、ただの人だ。

「お先にどうぞ」

骸骨――声からしては若い男性のようだ――が、結を促《うなが》す。も、意味がわからず、首を傾げてしまう。自分が先ほどなんと返事をしたのかを思い出した。「入るのか」

と問われて、「はい」……。客だと思われているのだ。恐ろしい風貌《ふうぼう》とは裏腹《うらはら》に、骸骨男は入る順番を親切に譲ってくれている。

「もしや、『すずらん』ははじめてなんでしょうか。遠方からで？」

この人物は何回か既に来たことがある常連客なのかもしれない。

「いいえ、近所に……」

「それでは入らない手はないですよ！　入りましょう」

これは何かの勧誘だろうか？　結の目が泳ぐ。上京する際、「とにかく断りなさい」と父に言われたことを警鐘《けいしょう》として思い出す。母の家系は騙《だま》されやすい。母と父が知り合ったきっかけも、明らかに怪しいネズミ講に引き込まれそうになっていた母を、見るに見かねて厳しすぎるきらいのある父が止めたことだった。割れ鍋《なべ》に綴《と》じ蓋《ぶた》というか、あの母にして父ありというか、二人でいるとちょうどいいバランスになる両親だと結は思っている。

そして、父によると結は母似らしい。結としては不満だ。そりゃあ、夏に、少し気をつけないといけないと思わされた一件はあった。しかし、将来、連帯保証人を頼まれることがあっても、相手が親しい友達でもなければちゃんと断れる自信だってある。

「入りましょう！　ぜひ会員になりましょう！」

はっと相手の言葉を思い出す。

「そ、そうです！　か、会員資格があるかどうかわからないので……」

「……問題ないと思いますが？」

なぜか、実に不思議そうに言われてしまった。

「いえ、でも」

「ああ、そうでした！　入店はできても、会員割引が適用できるのは来店二回目からでしたか……」

結の言いたいのはそういうことではなかったが、骸骨男が一つ大きく頷《うなず》いた。

「──こうしましょう。グループでまとめて適用できるので、わたしの連れということにしましょう！　わたしは会員なので、これで初回から割引が可能ですよ。我ながらいい考えと申しますか……」

「そ、そこまでしていただくわけには……」

「………もしや、怪しまれています？　いや、それもそうですね……。『すずらん』内でもないのにもかかわらず、久しぶりに見ず知らずの方に、敵意も警戒心も裏も恐怖心もなく、普通に会話をしていただけたので、浮かれてしまいました……。わたしが軽率でした……」

わかってくれたようだ。結がほっとしたのもつかの間だった。

「わかりました。名乗りをいたしましょう。これで安心ですよ」

「？」

名乗り……。つまり、自己紹介をするということ、でいいはず。一応、名前を知っていれば、知らないよりは安心、なのだろうか？

「わたし、日本で活動する際は、日本風に蔵敷《くらしき》と名乗っております。わたしの種族はここのところが面倒と申しますか……」

「はあ……。や、山嶺結です」

思わず答えたものの、蔵敷……は言い方からして通り名というかそんなもののようだ。日本で活動……。普段は海外で生活している？　ここまでは理解できるとして、種族？　わけがわからない。

ちょっと頭を悩ませて、あ！と結は思いついた。蔵敷は自分の仮装しているキャラクターに成りきっているのではないだろうか。先ほどからたまに感じる会話の齟齬《そご》もこれで納得がいく。イベントの看板にも、『ぜひ、仮装してその姿に成りきってみてください』と推奨《すいしょう》するような文句が書いてあった気がする。仮装参加者では、きっとこれが自然なことなのだろう。

「しかし……山嶺さんは見たところ、普通ですね」

ぎくりとする。仮装していないと商店街に入り込んではいけなかったのだろうか。

「駄目《だめ》だったでしょうか……？　違反ですか？」

「姿はそれぞれですから、それが本性ならば違反も何もないのではないでしょうか？」

「そ、そうですか……。良かった……」

でも、せめて話は合わせることにした。蔵敷がこんなに成りきっているのだ。結も人間っぽい何かに仮装していることにする。恥《は》ずかしくても、それが誠意だ。

「こ、これが私のほ、本性なので……」

「私見を述べさせていただきますと、大変宜《よろ》しいと思います。では、山嶺さん。いざ、『すずらん』へ！」

背負っていた大鎌を下ろし、手に持って振りながら揚々《ようよう》と蔵敷が『すずらん』の入口を指さす。

「え？　いえ……」

「もしかして……入らないんです、か？」

蔵敷の声のトーンが落ちた。断ったら、嫌な気分にさせてしまう。

――もう誰かに嫌われるのは嫌だ。相手の気分を損ねるのは嫌だ。

結は胸の前でぐっと拳《こぶし》を握《にぎ》った。

「い、いえ、入ります」

「そうですか！　では、どうぞ」

促される。開けろ、ということだろうか。さきほどのカップルを思い出す。たぶん店は営業中ではあるはず。でも、扉は開くのだろうか？

「その、蔵敷さん」

「はい何でしょう？」

「こう、会員ならではの、開く仕掛けとか」

「ただ普通に開けるだけですが」

「でも、さっきは、開かなかったようなんですが」

「開かない？　――ああ。それは開けようとしたのが『人間』だったからでしょう。いまは我々専用の時間帯ですから」

いや、結も人間なのだけれども。

いや、蔵敷の設定によると、人間ではない、のか。

「その、ただ開ければいいんですね？」

蔵敷が頷いたので、結はドアノブに手を伸ばした。

ドアノブはすんなりと回り、店は結たちを迎え入れた。

入店し、まずぎょっとしたのは、客たちの格好だ。鳥の翼《つばさ》を背中から生やしたカップル、翼は翼でも、コウモリのような羽で、露出度の高い服装の女性、頭部が牛で、身体は人間の大柄《おおがら》な男性――。

しかしすぐに仮装大会のことに思い至り、納得する。

店は繁盛《はんじょう》しているようで、混雑していた。でも、あの大行列が短時間でさばけるような広さではないように思える。

テーブル席の数はざっと見て十以上ある。結は魚に疎いため名前は不明だが、熱帯魚が悠々《ゆうゆう》と泳ぐ水槽《すいそう》はインテリアとしてマッチしていた。

壁には幾《いく》つか絵画も飾られている。こちらはいずれもタイトルプレートがついていて、ちょっと怖い、蛇《へび》の髪《かみ》を持つ女の首が描かれた『メドゥサの首』や、『ニンフたちの踊り』という森の自然と踊る女性たちの絵、『一角獣《ユニコーン》』という絵など。

カウンター席からは調理の様子も一部見え、若い女性シェフが一人で取り仕切っているようだった。

きびきびと店内を動き回っているのは、初老の外国人男性で、ウェイターだろう。皿を何枚も持ちつつもバランスを崩すことなく、ほとんど音を立てず、速度を変えずに歩いている。

キッチンからの調理音や、客たちの話し声の他には、どこに楽器や演奏者がいるのかはわからないが、生のピアノ演奏も聞こえてくる。

勝手知ったる様子で、蔵敷がカウンター席へ座る。骨の手で手招きされ、結も隣に座った。水と分厚いメニュー表がウェイターによって手渡される。受け取ったメニュー表を、結は緊張と共に、とても真面目《まじめ》に読み出した。

洋風家庭料理店『すずらん』は、洋風だけあって、洋食がメインだった。――それも、様々な洋食が記されていた。写真はなく、料理名が値段と共に羅列されている。圧巻なのは、やはりそのメニューの種類だろう。定番の料理名から、聞いたことがないものまで。洋食にしては首を傾げたくなるようなメニューもある。トンカツだ。目に付いたので、トンカツを注文しよう……とするも、結は即座《そくざ》に却下《きやっか》した。食べるのにきっと時間がかかる。

そんな結とは裏腹に、蔵敷はメニュー表を手に取りもしない。

「蔵敷さんは、もう何にするかは決めたんですか？」

「ええ。あ、山嶺さんはゆっくり決めてください」

そう言われても、焦ってしまう。

「選択肢《せんたくし》が多いですからね。迷うのもわかります」

結は曖昧《あいまい》な笑いを返した。結のメニューを決める判断基準は、量が少なく、かつメインとして頼んでもおかしくなさそうで、はやく食べ終われるもの、だ。

「迷っているのなら、カレーライスがいいとわたしは思います。おすすめです」

「おすすめ、ですか……」

昼に食べた日替わり定食の記憶が、いつもと変わらなかったその味が、結の声を小さくさせた。

「日本では家庭の定番料理でしょう？　日本にカレーライスが伝わった当初とは、カレーもかわったものです」

感慨深げに蔵敷が頷いた。

「明治時代でしたか。わたしが日本ではじめて食べたのも、鶏肉《とりにく》にエビ、タイ、カキ、赤蛙《あかがえる》……あ、あとタマネギのかわりにネギも入っていましたね。発展途上といった代物でした」

「カレーに、かえ、る……」

結は言葉を失った。いまでは想像がつかない。

「蛙です。明治の……えー……、あれは……と、珍《めずら》しいのを刈《か》り取った年でしたから、たしか一八七二年ですね。その年に読んだ日本の料理本にも材料に蛙と書いてありました。別の料理本ですと、肉、刻んだネギ、リンゴ、柚子《ゆず》が材料になっていました」

「一八七二年。つまり、明治五年に、読んだんですか……」

「ええ。先ほど申し上げましたように、珍しい仕事のあった年でして」

もはや結も慌てたりはしない。蔵敷の成りきっている骸骨男は、彼なりに歴史と設定を持っているキャラクターなのだ。よほど有名なキャラクターなのだろうか？　漫画か、アニメか。生憎《あいにく》、結は詳しくない。漫画も小説も読まないし、ドラマも観ない。熱中する趣味《しゅみ》のようなものも持っていない。こうして考えてみると、自分でもつまらない人間だと思ってしまう。ここまで仮装に熱心な蔵敷がいっそ羨《うらや》ましかった。

「正直、その段階では英国で食べたもののほうが好みでした」

「英国……？　英国とカレーって関係あるんですか？」

結の認識では、カレーといえば、元祖はインドだ。カリーと言えばもっと発音としても正しくなるだろうか。食べるときは、ライスではなくナンで。インドやネパール料理と銘打《めいう》った店のカレーでは、よくそんなメニューを目にする。もちろん店には入らないので、外看板でメニューを見ただけで終わる。

「むしろ英国のカレーが日本のルーツでしょう。とろみがありますからね。この前まで、英国東インド会社があったでしょう？」

「そ、そうですね……この前です」

一応、結も考古学専攻の身だ。受験勉強の際は日本史や世界史を必死に学んだ。講義でも歴史関係を扱ったものが多い。英国東インド会社が活動したのは、十七世紀から十九世紀までだ。『この前』にしては昔すぎる。しかし、蔵敷に結は合わせた。なんとか会話をつなげる。

「英国東インド会社、ということは、インドへ旅行に行かれたことが？」

「アヘン戦争のさいにふらっと立ち寄りまして。予定にはなかったのですが、種族的に戦争は無視出来ない性分《しょうぶん》と申しますか……。大鎌がですね……」

照れたように蔵敷がフードの上から頭蓋骨《ずがいこつ》をかいた。仕草はコミカルだが、発言は不穏だ。

「同僚《どうりょう》はそのままインドに居着いたのですが、どうもわたしは食事が合わず……。その後にヨーロッパへ戻りまして、次は英国が目的地でした。不幸は続くもので、昔から英国の食事も口に合わずだったため、暗黒の食生活を送っていました……。すさんでいました……。そこで英国風カレーに出会ったのです。なんでも、東インド会社の人間社員がマサラとインド米を大量に持ち帰ってカレーとライスの組み合わせを披露したことがきっかけで広まったとか。このカレーは、シチューの調理法を使っていたために、つなぎに小麦粉を使ったとろみが生まれていたのです！　この革新が起きてからは英国では英国風カレーばかりを食べていました……が」

「が」

「日本へ行くことになり、カレーともしばしの別れかと……」

蔵敷が肩を落とす。

「ところが日本でもカレーが広がり始めていました」

そして、復活した。

「赤蛙カレーにはちょっと怯《ひる》みましたが、すぐに贔屓《ひいき》の店ができました」

「ここですね」

合いの手を入れてから、直後、結は間違いに気づいた。蔵敷の設定では、日本に来たのは明治時代だ。『すずらん』がその時代から続いているとは思えない。

「いえいえ、人間が経営しているお店です。米津《よねづ》さんの『凮月堂《ふうげつどう》』です。『すずらん』もできたのは最近ですが、こちらは三日前ぐらいの感覚ですね。『凮月堂』では、牡《か》蠣《き》カレーや鶏児《けいじ》カレー、鶏卵《けいらん》カレー、野菜カレー、魚類カレーなど、新メニューが登場するごとに胃袋におさめました」

つい、結は蔵敷のマントに隠された胴体《どうたい》部分を見てしまった。骸骨男の姿なので、胃袋……？　という疑問を抱いてしまったのだ。中身は当然人間なのに。扮装《ふんそう》が上手《うま》すぎるというのもときに問題だ。

「ただ、凪月堂のカレーがもっとも充実していた時期は、まさしく一瞬でした……。しかし、悪いことばかりでもありません。あっという間にカレーライスも進化してゆきました。わたしはカレーライスの完成形を見ました……。三種の神器、ジャガイモ、ニンジン、タマネギです」

「赤蛙カレーでは、ネギが入っていましたものね……」

「ええ。あれも悪くはなかったんですが、カレーライスの完成形は現在のものでしょう。ただ……」

「ただ？」

「現代の日本のカレーライスは、ルーに何かひと味足りないような……。洗練されているのですが……。入れることによって味が広がるあの何か……。凪月堂や、日本における初期のカレーライスにはあった味……あれは何だったのか……。それが何なのかをシェフに伝えられないので、このところ大好きなカレーライスを食べていても、こう、もやもやがあると申しますか……」

もどかしそうに蔵敷が言う。しかしはっとしたように言葉を続けた。

「そういえば、山嶺さんは、種族的にタブーな食べ物はありますか？　人間の間でもあるでしょう？　たとえば肉ですか。あ、わたしは肉にはさほどこだわりがありませんので、牛でも鶏でも豚《ぶた》でもその他でも可です」

「い、いえ……？」

「それは重畳《ちようじよう》です。どんな肉でも大丈夫なようですね。少し意外ですが。どうやら見た目で判断してしまっていたようです。わたしもまだまだです」

蔵敷の設定的なもので勘違いされてしまった気がするが、どう訂正すればいいのかわからない。その他の肉って何なのだろう。

「わたしの種はタブーな食べ物は存在しない雑食なのですが、種によっていろいろと制限のある場合もありますからね……。そして大鎌で刈り取る争いになることも……」

「た、大変なんですね……」

蔵敷が繰り出す設定の多さに結は圧倒されるばかりだ。

「それで……注文でしたね。山嶺さんは結局、何にしますか？　わたしはもちろん

『すずらん』特製カレーライスです。三種の神器《じんぎ》が入ったシンプルな具材と福神漬《ふくじんづ》け。そう……福神漬けについてもぜひ聞いていただきたい。福神漬けこそカレーの薬味の究極の形ではないでしょうか……？」

「らっきょう派の人もいますよね？」

蔵敷が腕を組んだ。そしてその姿勢のまま、右手の人差し指を振る。それにしても、よくできている骨だ。パーツごとに違和感なく動いている。

「発展途上だった数々の薬味——生タマネギの輪切り、炒《い》り卵、酢《す》の漬け物、ピックル、ボンベターク、畳鰯《たたみいわし》、チャツネ、紫蘇《しそ》、紅ショウガ……。そしてらっきょう……。これらを薬味に日本のカレーの歴史を味わってきたわたしから言わせてもらうならば、答えは一つです。断言しましょう。定番の座は『福神漬け』であると！　日本郵船の一等食堂でカレーを注文し、福神漬けが出てきたときの感動はいまでも忘れられません。——食べたくなってきましたね、注文しましょう！　山嶺さんは——」

ここまでカレーライスについての演説を長々と受けて、カレー以外を注文することは、結の性格上、不可能だった。

「カ、カレーライスを」

当然、結はカレーライスを注文した。

ああ。注文したメニューが目の前に置かれてしまった。

絶望的な気分で結はそれを見下ろした。香辛料《こうしんりょう》独特の、食欲を誘う香《こお》ばしい匂いがする。お腹は空いている。しかし、店のカウンター席に座ったまま、結は中々動けなかった。両膝《りょうひざ》に両手を乗せたままで、隣をちらりと窺ってみる。相手はフードを深く被っているので、この角度からでは視線は合わない。もっとも、顔が見えても——ハリウッド映画顔負けの特殊メイクを施している人物だ——視線は、合わないだろう。なにしろ、眼球がない。そう、フードをまとった骸骨なのだ。店内に入る前まで、背中には大鎌というオプションまで背負い、装備していた。いまは、傍《かたわ》らに立てかけられている。

よくよく思い返せば、席に座った後、腰《こし》を叩《たた》きつつ大鎌を置きながら、「これ、すっごく重いんですよね……。骨がこると申しますか……。ですが商売道具なので、いざというときにないと困りますし……。あれが理想なんですよね……。瞬間移動で呼ぶと飛んでくる、そういうのが……。ところが現実は非情と申しますか不便と申しますか……。でも種によってはあれ、できるんですよね……。世の常とはいえ、不公平すぎると思いませんか？」と見た目の役柄に成りきって愚痴《ぐち》を言い、最後には結に賛同を求め、ため息をついていた。大鎌は非常に気合いの入ったレプリカで、よく切れそうだ。とくに赤黒い錆具合《さびぐあい》が真に迫っている。銃刀法《じゅうとうほう》違反にならないか心配になってくるほどだ。

そういえば蔵敷の年齢は幾つぐらいなのだろう？　声からすると、二十代ぐらいかもしれない。設定だと軽く千歳を越えているのは間違いない。結が自分を窺っているのに気づいた蔵敷が——マントの下で骸骨標本を握って操っているのだろうか——骨の手を振った。

「わたしのことはお気になさらず。先に召し上がってください」

「そ、そうですか……？」

「むしろ冷めないうちに」

仮装した見た目はともかく、非常に社交的かつ紳士的な人物だった。蔵敷の先導がなければ、この料理店にも入店できなかった。

そもそもの話、結は外食らしい外食を滅多にしない。理由は当然、味を感じられないという体質のせいだ。どうしても必要があるときは、行くとしてもチェーン店だ。ファミレスやファストフード店。店員との会話が最小限で済み、機械的な対応で注文、会計まで進むからだ。

たいてい、結にとって食事とはひとりでするものだ。しかし、今夜は蔵敷という同伴者がいる。昼食のときと同じ轍《てつ》は踏めない。

まだ、スプーンを手に取る勇気が出ない。少し視線をずらしてみる。

『メドゥサの首』を真後ろに赤ワインを飲んでいる女性。先ほどとは客が替わり、絵の首とそっくりの客になっていた。もちろん絵に描かれていない胴体はある。しかし、頭には蛇髪《へびかみ》のカツラを付けている。これがなんと、蛇が一匹一匹動いている芸の細かさだ。機械を仕込んだのか、特殊素材でも使っているのか。摩訶不思議《まかふしぎ》だ。

入店時に目にした、背中に翼を付けたカップル客は、男性が真っ黒い翼で、女性が真っ白い翼だ。これも翼が本人たちの動作に合わせて自然にはためき、しかもわずかに羽根が落ちるという仕様だ。

そして、いま、こうして改めて眺《なが》めていて結が気になったのは、彼らの格好ではなかった。

表情だ。

——どんな扮装をしていても、客たちは実に楽しげだ。とても美味しそうに料理に舌鼓《したつづみ》を打っている。当たり前の光景。

――ここでも、この輪の中には、入れない。

結の表情が自然と曇《くも》った。

「どうかしましたか？」

「何でも、ないです……」

蔵敷に声を掛けられ、注文した料理に向き直る。

香りのスパイスであるハーブがしっかり効いているようで、食欲を誘う何とも言えない匂いがする。ナツメグやシナモンだろうか？

この匂いを嗅《か》ぐだけでわかる。味が保証されているようなものだ。

福神漬けがたっぷりと添えられた、カレーライス。縁《ふち》に模様のついた楕円形《だえんけい》の食器の右側には、ライス。炊かれた米一粒の形と大きさからして、種類の違う長粒米二種類のブレンドだ。その一粒一粒がつやつや、かつふっくらしている。

左側には、ターメリックがしっかり効いているのだろうとろみのあるルー。ルーに混じってしっかり煮込まれ、大きめに切られたごろっとしたジャガイモやニンジンが顔を覗《のぞ》かせている。とろとろになった飴色《あめいろ》のタマネギも忘れてはいけない。

肉は、『すずらん』では牛肉を使用しているようだ。サイコロ型の、口に入れたら柔らかくとろけそうな角切り肉。野菜と一緒にルーの中でしっかりとその存在を主張している。

なんの芸もない感想だけれども、実に美味しそうだった。

蔵敷に薦《すす》められ、流されるまま注文してしまった。このお店に入ったのもそうだ。断れなかった。つい、いい顔をしようとしてしまうのだ。

――カレーライス。

実は、昔、結はカレーが大嫌いだった。無味なのは先天的なものではない。子どもの頃は、何を食べても味がしていた。その頃の結が嫌いだったのがカレーだ。周囲のみんなは給食の献立《こんだて》で出るたびに喜んでいたのに、カレーが出るたびにがっかりしていたものだ。一体、カレーの何が嫌だったのか。嫌いだった原因は結も覚えてない。

一考したのが両親だった。それが成功して、結はあることをすれば美味しくカレーを食べられるようになった。

それなのに、いまはこれだ。何をしても無味で、無意味だ。

結がカレーを見つめていると、蔵敷が震えだした。

「はっ！　もしや、カレーライスはお嫌いでしたか？　種のタブー食材について質問しておきながら、肝心《かんじん》の好き嫌いはお訊きしていませんでした。何という失態……！　わたし自身の好物なので、つい強引に薦めてしまっていたんでしょうか……」

「い、いえ……」

昔は嫌いだったので一部は正しいし、いまも、もし味を感じられてもこのノーマルなカレーだとたぶんあまり美味しく感じられないかもしれない。が、そもそも味を感じられないので好き嫌いや、不味い云々《うんぬん》の話ではないのだ。

「お詫《わ》びに鎌で何か狩ってきます……！　そうしましょうっ！」

――お詫びが、狩ってくる？

立てかけておいた大鎌を蔵敷が握ったので結は慌てて止めた。叫《さけ》ぶようにして言う。

「いえ！　好き嫌いはないです！」

「あ。そうですか？　安心しました……」

結はこくこくと必死に頷いた。みるみる蔵敷の勢いがおさまる。大鎌を手離し、しかし結とカレーライスをじーっと見ている。顔の角度からしてそう感じる。これでますますやりにくくなってしまった。期待の視線をひしひしと感じる。

結は観念した。覚悟を決める。

大丈夫だ。うまくやれる。心の中で呟《つぶや》いて、ついにカウンターに置かれていた籠《かご》に手を伸ばした。一通りのカトラリーが入っている。そこからスプーンを取り、握った。

今日の昼食のことが脳裏《のうり》に浮かんだ。

どうか、今回は、うまくできますように。

「い、いただきます……」

半ば祈るようにして、その言葉を口にし、結はカレーライスにスプーンを入れた。ルーとライスがちょうど半々に載ったスプーンを、ゆっくりと口元に運ぶ。

食べ終わる。

結は無言だった。食べたらしようと思っていたリアクションのことなど脳裏から吹き飛んでいた。

——信じられない。これは夢か幻《まぼろし》か。

もう一口、食べてみる。やはり、二口目も、一口目と同じだ。

奇跡だ。そうだ。カレーってこんな味だった。

声にならない。唇《くちびる》が震えた。

「……あ」

「だ、大丈夫ですか？」

結の尋常《じんじょう》でない様子に、蔵敷がわたわたと腰をあげた。そんな蔵敷の腕を、自らを包む感動と動揺に流されて、結は摑《つか》んだ。そして立ち上がる。

「あああ味がします！」

「味がします、ですか……？　それはそうでしょうが……」

鈍い反応の蔵敷をよそに、喜びに満ちあふれていた結は、次の瞬間、顔を凍《こお》り付かせることになった。

蔵敷のいやにかたくて細い腕ごとマントを強く引っ張ってしまい、その拍子《ひょうし》に彼の顔を覆《おお》っていたフードが外れたのだ。

一部に骸骨の仮面を使った特殊メイク、と結はそれまで思い込んでいた。たまにチラッと見えた眼窩《がんか》の真っ黒い空洞《くうどう》もそれだろうと。

「え……？」

――仮面どころではなかった。

骸骨そのものだ。

頭蓋骨の口が動き、声を発している。コード類や、装置等はどこにも見当たらない。

「ひゃっ！　恥ずかしい……！　見えてしまいましたか……？　やっぱり驚きますよね……。この間、大鎌が反抗期で、仕事でヘマをしまして、前歯がかけてしまったんです……！　目立ちますよね……！　同僚にも笑われる始末……！　まだ歯医者で治療中なんですよ……。せっかく隠していたのに……！」

骨の片手で口を覆い、さっと深くフードを被り直している。その動作で、肘《ひじ》の部分が少しの間、露出した。そこも、完全に骨だ。手首だけ骸骨標本などというレベルではない。結は何度も何度も瞬きした。

「――蔵敷さんは、観光協会主催の仮装大会に、参加、してるんですよね……？」

仮装だと思っていた。そう思いたい。しかし、これは……この蔵敷の姿は？

「ええ、参加してきました！」

蔵敷がマントのポケットからスタンプの押されている紙を取り出した。

「人間が仮装をしつつ参加商店街の店舗を巡《めぐ》るスタンプラリー、網羅《もうら》しましたよ！　割引券になるそうです！　仮装大会だったおかげでこの姿でも怪しまれませんでした。わたし以外にも同じ事を考える参加者が大勢いたようです。通りを本性のままで歩けるとは……。意外といけるものですね。普段『すずらん』へ入店するときのように人間の姿に擬態しても良かったんですが、その……どうも調子が……。なにせ、ご覧の通り、わたしの種族は骨が命なので……」

欠けた前歯があったらしい部分を覆い隠すように手で触れ、悲しそうにさすっている。カタカタと骨のこすれ合う音がした。

「ちょっとでも欠けると疲労がものすごいんです。やっぱり擬態は本調子のときでないとしっくり来ないと申しますか……。歯は実に大切ですよ……！」

力説した蔵敷は満足したのかスタンプラリーカードを仕舞い、話を続けた。

「人間の仮装もなかなかでしたね。あれなら、わたしたち以外は入店できなくなる土曜の夜といえど、『すずらん』にいても表層的な見た目だけなら違和感もないんじゃないでしょうか？　まあそもそも、人間は入店が不可能ですから――」

わたしたち？　人間なら？

――蔵敷は、人間では、ない？


実は、まだ自分のアパートにいて、ベッドで惰眠《だみん》をむさぼっているんじゃないだろうか。だから、食べ物を食べて味がするなんて奇跡が都合良く起きた。そして、夢というのは都合が良いだけではない。都合の悪いことや、現実では絶対にあり得ないことだって容易に起こる。

目の前に本物の骸骨男がいる、なんて非現実的な出来事が。

結は蔵敷を瞬きもせずに凝視していた。身動きできず、固まっていた。何だか頭がついていかない。

——やっぱり夢？　夢だよね？

「山嶺さん？」

骨の掌が、結の顔の前で振られた。

硬直していた身体が、動いてくれた。結はとっさに、後ずさっていた。骸骨なのだ、そんなはずはないのに、蔵敷の表情が少し変わった気がした。傷ついたような。

恐怖より、悪いことをした、と思った。

いまだ頭の整理がつかないまま、下がった分、前へと戻る。

と、ずっと続いていた生演奏が終わった。

客の一人——童話の白雪姫《しらゆきひめ》に出てくる七人の小人のような壮年の男性だ——が大きく手を叩いた。

「いやあ、前はひでえもんだったが、腕をあげたな。出て来いよ！」

蔵敷も拍手《はくしゅ》を送っている。演奏者が登場するようだ。

店内を仕切っているカーテンの向こう側から、それはやって来た。

六つの白い毛玉だ。大きさは拳大《こぶしだい》。

毛玉たちが空中を飛びながら小人の男性の前に来て飛び跳ねた。毛玉を操っているような糸は、どこにもない。機械で動かしているような動作音も、ない。

「うん？　リクエスト曲を弾いてくれるのか？　じゃあアレだな！　ほら、今年流行った映画の！」

了承したといわんばかりに毛玉が順番に飛び跳ねた。ふよふよと遊泳してカーテンの奥に戻る。そして演奏が再開された。曲は、結は観てはいないが、世界中で大ヒットしたミュージカルアニメのテーマソングだ。

「あれは、高速で鍵盤《けんばん》の上を飛び跳ねて演奏しているんです。うまいものですよ。ただ、ケセランパセランという種族は恥ずかしがり屋で……客にもようやく慣れたみたいです。以前なら絶対に客の前になんて出てきませんでしたね」

蔵敷が説明した。先ほどのことはなかったことにしてくれたのだろう。結も何とかそれに合わせ、言葉を発する。

「……ケセラン、パセラン」

「おや、ご存じありませんか？　日本で生まれた新しい種ですよ」

結はもう一度、店内を見渡してみた。人ではない生き物の仮装をしている、客たち。『メドゥサの首』とそっくりの客。あれは、メドゥサそのものなのでは？　それぞれ白い翼と黒い翼を持つカップルは、天使と堕天使《だてんし》？

蔵敷は……鎌を持った骸骨で想像できるものは……死神？

結だって、思っていたではないか。クオリティが高すぎる、と。

でも、そんな……。

いや、やっぱりこれは夢だ。ありえない。

思考は堂々《どうどう》巡《めぐ》りだ。

混乱した結はその場で頭を抱えてしまった。そんな結の頭に、何かが着地した。

「一体、はぐれたようですね」

ケセランパセランが一匹、結の頭から落ちてきた。ふよふよと漂っている。思わず結が両掌を広げると、そこで跳ねた。現実逃避気味に、可愛《かわい》いなあと思う。体温があり、空を飛び、毛玉だ。……生き物だ。しかし、現実には存在しえない、生き物だ。

「あっちですよ」

呆然としている結をよそに、蔵敷に言われたケセランパセランが仲間の元へ戻っていった。

――ゆ、夢じゃない。

はっきりと、理解した。ここにいる客たちは、人間ではない。怪物《モンスター》――いわゆる、バケモノなのだ。きっと、見た目は人間でも、それを当たり前のように受け入れているシェフやウェイターも。

では、伝説上の生き物、存在しないとされているものたちが大集合している場所に迷い込んだ人間の末路は、どうなる……？

結の記憶にある限りは、たいてい、悲惨な末路を辿《たど》っていた、ような気がする。

幸い、まだ人間だとはばれていない。蔵敷の態度から見ても完全に仲間扱いされている。だから、このまま……。

「山嶺さん？」

蔵敷に呼ばれ、身体を大きく震わせてしまった。平静を装う？　駄目だ。平気な顔でやり過ごすなんて、不可能だ。

正直に話して許しを請《こ》うほうが、まだ精神的にも楽だ。

「わ、わわ悪気はなかったんです！」

蔵敷と結は立ったままだ。そのうちの一人である結が感極まった声で叫んだのだから、店内中の視線が集まる。失神しそうになったが、結は踏みとどまった。

「悪気、とは？」

蔵敷は首を傾けている。

「か、仮装だと思っていて……。私はただの人間なんです！」

ぎゅっと目を瞑《つむ》って、結は言った。……言ってしまった。

客たちのざわつきが完全に消え、シェフが軽快に動かしていた包丁の音が一瞬止まり、美味しそうなデザートの皿を何枚も持ったウェイターが振り返る。華麗《かれい》な演奏を披露していたケセランパセランが、盛大に一音外した。

返答がないので、薄目をあけてみる。蔵敷は右手の親指と人差し指を骨の顎《あご》にあて、なぜか天井を見上げていた。

「うーん……」

唸《うな》っている。

他はどうかというと、既に平常運転に戻っていた。客は結のことなど気にせず、何事もなかったかのように談笑している。シェフは鍋をかき回す作業に移っていたし、ウェイターはデザートをすべて置き終わっていた。ケセランパセランの生演奏にもミスはない。

「わかりました。山嶺さん、とりあえず、座ってください」

ようやく、蔵敷が結を見る。カレーライスが置かれ、結が座っていたカウンター席を骨の掌で示す。しかし、今度は後ずさりこそしなかったものの、それだけの動作に大袈裟《おおげさ》に反応した結を見て、「ああ」と一つ頷いた。

すると、蔵敷の外見に変化が訪れた。彼の手が、骨ではなくなった。温かみのありそうな、人の手だ。

「これで少しは恐ろしくなくなったでしょうか」

蔵敷がフードを取った。こちらも、ちゃんとした、人の、顔だった。彫りの深い西《せい》欧系《おうけい》の端正な顔立ちだ。鼻筋《はなすじ》がすっと通り、高い。まるで、銀幕《ぎんまく》の世界から抜け出てきたかのようだ。髪は黒く、濃い青い瞳をしている。声で結が予想した通りの年齢だった。……この、人の形をした外見自体は。

そして、蔵敷の変異を目撃する瞬間まで、非日常を認めていたつもりでも、心の片隅で、自分がまだ逃げ道を探していた――テレビ番組の壮大なドッキリなのではないか、など――と結は気づかされた。そんな気持ちもいまは完全になくなってしまった。

「座ってください」

先ほどより強い口調で蔵敷が言う。結が従う。次に、蔵敷も座ると、

「――さて、いろいろ誤解があるようなので一つ申し上げますと」

単刀直入《たんとうちょくにゅう》に、口火を切った。

「人間じゃないですよ」

「はい。それは、わかってます」

両手を膝の上に置き、縮こまった結は重々しく頷いた。

「いえいえ。もちろん我々は人間ではありませんが、わたしが言いたいのはそうではなくてですね……。――山嶺さんも、人間じゃないですよ」

今度は結はぽかんとした。

「……はい？」

「ですから、山嶺さんは人間じゃないですよ」

訊《き》き返した結に、蔵敷が嚙《か》んで含めるように繰り返す。

「違います。人間です」

蔵敷が深いため息をついた。

「人間だったら、そもそも入れないんですよ」

「……入れない？」

「はい。この空間、『すずらん』は――どう説明すべきでしょうか……。土曜日の夜だけは、我々専用になるんです。似《に》て非《ひ》なる空間と申しますか……。もちろんそれ以外の日は別です。普段は人間も我々も分け隔てなく入れます」

「土曜の夜だけは、違う？」

「ええ」

たしかに、今日は土曜日の夜だ。

「会員専用時間……」

「そうです。プレートに書いてありませんでしたか？　『会員専用時間帯です。ただし、会員資格を有する方も入店可』と」

「で、でも、現に私が……！」

「会員資格とは、我々の側であること。こう言ったほうがいいでしょうか」

——人間ではないこと。

ゆっくりと蔵敷が口にした内容が、どうしても信じられない。

「『すずらん』のドアは、土曜の夜には入店者が『何』であるかを判断して、可か不可かを決めます。我々であれば扉は開き、当然人間であれば扉は開きません」

——それが、意味することは。

結は、人間だと、判断されなかった？

「で、でも、勘違い、とかじゃないんですか？」

「ないですねえ」

足を組んだ蔵敷が首を振る。

「どうしてですか」

「わかるから、ですよ。そうですね……。たとえ話をしましょうか。山嶺さんは、動物……犬や猫、鳥を見たら、彼らを人間だと思いますか？」

「思いません」

犬は犬だし、猫は猫。鳥は鳥だ。それらの種の中でさらなる分類があっても。人間だって、肌《はだ》の色で区分はされるが、何人であろうと、人間だ。

「それと同じですよ。明らか過ぎて間違えようはないんです。我々にとって人間は人間。我々は我々です。人間側は我々が本性を現していなければ区別がつかないでしょうが、我々はできます」

「私にはできていない……と思います。蔵敷さんたちのような方を今日まで見たことはありませんでした」

「それはそうですよ。こちらの――」

蔵敷が骸骨男に戻った。

「姿で街中を歩いていたら大問題です。ですから――」

今度は人の姿へ。

「人の前に出る必要がある場合は、人の姿に擬態をしているわけです。山嶺さんも、こうして擬態している我々を見掛けてはいたはずです。たくさんいます」

「でも、それでも、蔵敷さんたちだったら、見分けがつくんですよね？」

結には区別できない。だから、結は人間のはずだ。

「たしかに、そうですね……。山嶺さん、親御さんは人間ですか？」

結は両親の姿を頭の中に思い浮かべた。

「人間です」

「では双方のお祖母様やお祖父様は？」

結が生まれる前に亡くなっている人もいるし、交流があるのは父方の祖母ぐらいだった。

「……に、人間です」

「では、曾《ひい》お祖母様や曾お祖父様は？」

写真すら見たことがない。ちょっと自信がなくなってくる。

「……、に、人間、だと、思い、ます」

「ひとつ考えられるのは、山嶺さんが人間と我々との婚姻《こんいん》関係の結果、生まれたという可能性です。子孫であれば、本人に自覚がなく、かつ、我々を認識する感覚が少々鈍いということも考えられるかと。しかし、我々が山嶺さんをこちら側だとわかるほどですから、その辺は気にかかります。極端に血が薄ければ我々も人間だと判断しますから。とにかく、山嶺さんの自覚がなくともですね――」

蔵敷が腰をあげる。立てかけてある大鎌を手にすると、それで床《ゆか》を鳴らした。

「みなさん」

注目を集め、店内の客たちに声をかけた。

「どうぞ、一つお力をお貸し下さい。みなさん心密かに、この少女とわたしのやり取りを逐一《ちくいち》興味深げに観察しておられたことと思います」

そうだったのか？　結が騒いだときは、少し注目を浴びたが、以後は客同士で談笑しているように見えた、のに。

結を両手で示しながら、蔵敷が客たちに問いかける。

「彼女が人間に見える方はいらっしゃいますか？　いる方は挙手願います」

見事に誰も、手を挙げない。

「――我々の仲間だと思う方？」

全員が手、あるいは身体の一部らしき部位を挙げた。

蔵敷が大鎌を振り、丁寧に一礼をする。

「ご協力、ありがとうございました」

結に笑いかけた。

「――と、いうわけです。山嶺さん」

　さらに、蔵敷は説明を続けた。九十九・九パーセントの確率でありえないことだが、仮に結が人間だったとしても、『すずらん』を訪れたことは忘れて、戻されるだけだという。『すずらん』の扉の前で、なぜここにいるのだろうと首を傾げることになる。

『すずらん』は、この世において、蔵敷のような人ではない存在──ぞくに、バケモノや怪物、幻獣《げんじゅう》、妖精《ようせい》と言われるような客御用達《ごようたし》の洋風家庭料理店だという。普段は人間の客もそれ以外の客も関係なく営業しているが、土曜日の夜だけは、人ならざる客専用になる。姿が大きすぎるなど、他の客の迷惑になる場合を除き、店内では『本性』でくつろぐことができる。蔵敷なら、『本性』とは骸骨男の姿だ。

　日本中、また古今東西から、こういった客たちがたくさん訪れる。普段の営業日にも訪れることができるとはいえ、やはり土曜日の夜が人気らしい。

「……お客様、失礼いたします」

　蔵敷のレクチャーが一段落したときを見計らって、無表情のウェイターが着席している結たちに合わせ、屈んだ体勢で話しかけてきた。

「……そらちのお料理ですが、冷めてしまったことと思います」

ウェイターの指摘通り、二口食べただけで置かれていたカレーライスは、その証《あかし》としてルーに膜《まく》ができてしまっている。

「少々アクシデントもあったご様子。つきましては、お客様のお料理を新しいものに交換させていただきたく……」

「そこまでしてもらわなくても……」

結はかぶりを振った。しかしウェイターが言葉を重ねる。

「とんでもございません。シェフの意向です。初来店のお客様には、完璧《かんぺき》な状態で召し上がっていただきたいとのことです」

「で、でもですね……」

「好意に甘えたらどうでしょう？」

あろうことか、微笑んで蔵敷はウェイターの後押しをしてきた。

「でも、せっかくのお料理を……」

もったいない、という感覚もある。でもそれだけではない。

結の実家は定食屋を営んでいる。後を継ぐには食べ物の味を感じられないのは致命的だった。それでも、手伝えることはある。自分が料理をテーブルに運んだお客さんが残さず食べてくれると嬉しかった。たくさん残されていれば悲しい。料理は食べられてこそだと思うのだ。結が食べないのだから、おそらく、このカレーは捨てられてしまうということだ。

それに、ずいぶん久しぶりの、無味ではない食事だった。味が感じられるだけで結にとっては完璧に等しかった。

「当店では、無駄になる食材は一切ございません。人間の経営する料理店とは少々異なっております。こちらも何らかの糧《かて》となりますので、その点はご安心を。もちろん、お客様への料理に再利用などということもございません。いかがでしょうか？」

「あ、はい。それなら。すみません……。ありがとうございます」

頭を下げる。ウェイターがカレーライス一式をトレイに載せた。

「では、もう少々お待ち下さい」

そしてウェイターはキッチンではなく、店の関係者入口へ向かった。——扉の開いた先に、ブラックホールみたいなものが見えたのは気のせいだと思いたい。

「ところで——山嶺さん、味がする、というのはどういう意味でしょう？」

あらためて蔵敷に尋《たず》ねられる。

「あ、それは——」

たしかにそうだ、と思った。カレーライスを食べた感想が、味がする、だなんて、人ならざる蔵敷たちだって言わないだろう。

つらつらと結は自分の味覚について語った。

「なるほど。それで『味がする』になるわけですか。山嶺さんの種族の特徴でしょうか？」

「種族の、特徴……。その可能性も、ありますよね……」

そうなのだ。まだ半信半疑な部分はある。けれども蔵敷と、『すずらん』の客たちによると、結は人間ではない、とのことだ。味覚に問題があるのは、そのせいなのだろうか。

「しかし、そういった種族についてはわたしもまったく聞いたことがありません。山嶺さんは何の種族なのでしょうね」

「それは、わからないものなんですか？」

「わかる場合とわからない場合があります。本性の身体的特徴などで判別できることもありますし――そうですね。山嶺さんは、シェフがどんな風に見えますか？」

「あの、女性シェフの方ですか？」

三十代の、清潔そうな、やや地味な印象の女性だ。あまり表情がなく、無心に料理をしているように見える。

「ところがシェフは、わたしには真っ黒い動く人型に見えます」

結は目を擦った。大きく見開いて、シェフの姿を視界に焼き付ける。やはり、女性シェフは女性シェフだ。そんな怪しげなものには見えない。

「シェフも謎と申しますか……。見る者によって見える姿が違います。誰も正体を知りません。幼女と言う者もいましたし、老婆《ろうば》、美少年、美青年、自分と同種……正解があるのかどうか……。一説には食にまつわる種だろうと言われていますが……。うーん、謎ですね……。まあ、そういうわけで、山嶺さんの種も、特徴が味覚障害というだけでは……。——種としての特徴であれば、先天的なものだと思われますが、その辺はどうでしょうか」

「小学生の頃は、給食を楽しみにしていた記憶があるので、生まれつきではない、と思います」

だからこそ、カレーだって大嫌いだったのだ。嫌いになれた。

となると、自分が何者であるかは無関係なのだろうか。

「そうですか……。しかし、『すずらん』のシェフによる料理は味がしたわけですから……」

「あの……『すずらん』で、人間と、蔵敷さんたちのようなお客さんに出される料理に、違いはあるんでしょうか？　材料とか」

「いえ、変わらないと思いますよ。土曜日の夜に出される料理を人間が食べても、変わらず美味しくいただけるかと」

「じゃあ、土曜日の夜と、それ以外との違いは、みなさんがその、本性でいられるっていうこと、ですか？」

「現代は世界中のいたるところに監視カメラがありますし、どこで誰に目撃されているか……。外出先で気を抜いて本性でいられる場所は、本当に少ないんです。しかも美味しい料理を注文できるとなると。シェフの料理は、我々限定というわけではなく、もちろん人間にとっても美味です。しかしそれはシェフの腕によるところが大きいと思います。その種に最適の味になっていると申しますか……」

人ならざる者――『すずらん』のシェフによる料理は、結は美味しく食べられた。やはり、この事実は無視できない。自分が何であるかを特定する必要がありそうだ。

「いまのところは、結論を出すのは保留にしたほうがよさそうですね。一般に我々は長生きですから、気長に」

「はい……」

沈黙が落ちる。数十秒ほど続き、やけに真剣な様子で蔵敷が結に切り出した。

「――山嶺さん」

「は、はい」

「――わたしの勘《かん》では、そろそろ完璧な『すずらん』のカレーライスがやってくるはずです。そこで食事の前に、お伺《うかが》いしておきたいのですが」

蔵敷が結の手を握った。

「く、蔵敷さん……？」

人間の姿をしているため、結にとっては異性だ。免疫《めんえき》のない結は慌てた。突然どうしたのだろう。

「――骨に戻って良いですか？」

真顔だった。

「どうぞ！」

むしろ、そのほうがありがたい。

蔵敷の顔が輝《かがや》いた。

「ああ、良かった。もう恐ろしくないんですね。ではさっそく……」

骸骨男へ戻った蔵敷の、頭蓋骨は、とてもすがすがしそうだ。おそらくにこやかに結に笑いかけた。しかし、はっとした様子で、

「ひゃっ！」

と奇声をあげた。

「ああ、恥ずかしい！」

握っていた結の手をぱっと離し、さっとフードを被る。

「女性に本性のまま触れたばかりか、しかも歯が欠けた姿で笑うなどと……！　そんな姿を晒《さら》すなど、なんという失態……！　一生の不覚ではないでしょうか……！」

「え？　そんなに気になさらずに……。人間の姿のときは、顔も隠していませんでしたし」

「大きく違います！　気にせずにはいられません！　なぜならば、擬態時は肉と皮がありました！」

言い切った蔵敷はフードの中の頬骨《ほおぼね》部分に両手をあてて首を大きく振った。

「肉と皮越しに触れるのと本性で触れるのは天と地の差が……」

「そ、そんなものですか……」

どうやら、蔵敷の感覚は、人とは違っているようだった。

「そうなのです！　そして、すべては歯のせいです。歯が欠けてしまっているせいなのです……。――醜態《しゅうたい》をお見せしてしまいました……。しかし、本当に、擬態していなくとも大丈夫ですか？　山嶺さんは我々の仲間なわけですが、通常、人間というものは、わたしのような姿は恐ろしく思うはずです」

ちょっとだけ笑ってしまった。

「大丈夫です。はじめは、びっくりしましたけど、こっちの蔵敷さんのほうがやっぱり私はいいみたいです」

「………」

蔵敷が静止した。かと思うと、また頬骨に両手をあてて首を振っている。しかし、先ほどよりも勢いが激しい。骨がしきりにカタカタ音を立てている。

「――蔵敷さん！」

結が叫ぶ。というのも、蔵敷目がけて矢が飛んで来たからだ。矢は頭蓋骨目がけて一直線に飛んできていたが、蔵敷はさっと手にした大鎌を自在に操り、叩き落とした。床に矢が突き刺さる。そのまま、低い振動音と震えを発生させている。ピアノ演奏が止んでいたので、小さい音が響いて聞こえた。

矢を放ったのは、尾のある少年だった。が、その少年が瞬く間に転じる。真っ白な鬣《たてがみ》に額に角を生やした小馬――おそらく、ユニコーンへ。嘶《いなな》き、いまにも蔵敷に突進してきそうだ。蔵敷の表情――はわからないが、纏《まと》う雰囲気《ふんいき》が一変した。無言で大鎌を構えた。

「お客様方――当店、『すずらん』におきましては――」

どこからか現れたウェイターが蔵敷とユニコーンの間に立つ。

そこへ、女性の声が響き渡った。

「馬鹿者《ばかもの》が！」

類《たぐ》い希《まれ》なる美貌《びぼう》を持った外国人女性だ。ウェーブのかかった長い金髪。出るところは出た肉体。緑色の瞳。額からは大ぶりの角が生えている。ユニコーンと同じような白い尾もある。テーブル席を立った彼女は、高いヒールで音を立てながらツカツカと近づくと、神秘的な佇《たたず》まいのユニコーンの頭を、思い切り殴《なぐ》った。

『何するんだよ、お姉ちゃん！』

ユニコーンの声、なのだろうか。通常の聞こえ方とは異なっていた。ユニコーンの嘶きと被るように、少年らしき声が、頭の中に響く。

「見ず知らずの種にいきなり攻撃するとは何を考えている！　しかも相手は見るからに危険だと全身で教えてくれているような死を司《つかさど》る種だろう！　性格破綻者《はたんしゃ》やら、気難しいのやら、目が合っただけで襲いかかってくるのやら、一癖《ひとくせ》も二癖も三癖も四癖もある輩《やから》ばかりだ！　『すずらん』でなかったらどうなっていたか！」

女性の言葉の半ばで、「そこまで……言わなくても……。いえ、事実なんですけど……。でも、決してそんな同僚や仲間ばかりではないと……あー、いや、嘘《うそ》ですね。嘘でした……。——転職を考えるべきでしょうか」と、背筋《せすじ》が冷えるような雰囲気を消した蔵敷が、大鎌を抱え項垂《うなだ》れた。

『だって、桃色《ももいろ》のムカつく気配を感じた。あそこの天使と悪魔のカップルには我慢《がまん》できたけど、あっちは死を司る種なのにリア充なんてムカつく！　僕なんて失恋したばっかりなのに。女の子に裏切られたばっかりなのに！　リア充は敵だ！』

高らかな嘶きに、ユニコーンの姉らしき女性は、力一杯、ユニコーンの頭を殴った。

その角を摑むと、そのままユニコーンを引きずって店内を進んでくる。

「ここは日本だ。日本式で謝りなさい」

蔵敷の前まで来ると、必死に抵抗しているユニコーンの頭を下げさせた。

「いえ、そちらの少年にも事情がある様子ですし……」

「感謝します。……今後はこのようなことがないように、しっかり教育し直すと約束しましょう。——ほら、来い、ユニ！」

再びユニコーンの弟を力任せに引きずってゆく。嵐《あらし》のようだった。

「ユ、ユニコーンって、意外と俗っぽいっていうか、感情豊かなんですね……」

「いえ、その、一般に、純粋で清廉《せいれん》な心を持っているはずなんですが……たぶん少々、彼らがユニコーンの常識からは外れているのではないかと……」

姉弟が席に着いたところで、ウェイターが手を鳴らした。

「お騒がせいたしました。お客様におかれましては、くれぐれも当店のルールをお守りいただきますようお願いいたします。今回の暴力行為に起きましては――」

蔵敷を見る。蔵敷が頷くと、続けた。

「未遂に終わったことと、こちらのお客様のご要望、また一応の謝罪がありましたことで不問といたします。しかしながら――」

目を細めて、姉弟に視線をやる。

「今後は二度とこのようなことがないよう、肝《きも》に銘《めい》じください」

ウェイターが指を鳴らす。美しいピアノの生演奏が再開された。


「――大変お待たせいたしました。ご注文の品でございます」

ユニコーン騒動から、間をおかずして、結と蔵敷の前に、カレーライスが運ばれてきた。湯気を立てている。出来たてだ。料理を置き、確認を終えてウェイターが去る。

ルーには、蔵敷が三種の神器といったニンジンとジャカイモがはっきりと、タマネギは控えめに存在を示している。薬味として小皿に福神漬けが添えてある。

二回目は、結も心を躍《おど》らせながらウェイターが皿を置いてくれるのを見ていた。なにしろ、味がする。美味しいカレーライスが食べられるのだ。

でも、そうなると、新たな欲が結の中に湧《わ》いて出てきた。かつて両親が苦心の末、あるものをくわえたことによって、結はカレーの美味しさを知った。洋食がメインのお店だから、はたして客用にあるかどうかわからない。実家の営む定食屋では、誰でも取れるように卓に置いてあった。『すずらん』には——しお、こしょうの木製の容器はあるが、やはり目当てのものはない。

「ちょっと、失礼します。蔵敷さんは先に食べていてください」

蔵敷に断って、すでにかなり離れたところにいたウェイターに駆け寄った。声をかける。無表情に見つめてくるウェイターに怯みながら、結は要望を口にした。図々《ずうずう》しかっただろうか。しかし、望んでいた答えが返ってくる。

「承知しました。すぐにお持ちいたします」

「あ、ありがとうございます！」

弾む声で礼を言い、席に戻る。

「おかえりなさい。――何か問題でも？」

「そんなんじゃないんです。私のわがままというか……あるものを頼んで……」

「あるものですか？」

見ると、蔵敷は待っていてくれたようで、まだ食べていない。結の視線に気づいたのか、蔵敷が答える。

「先に食べているのもなんですので、お待ちしますよ」

「でも……」

すぐ、とは言ってくれたが、結の要望はおまけのようなものだ。オーダーとしての優先順位は低いだろう。しかし気づくと、ウェイターが結の横に立っていた。

「――お待たせいたしました。ごゆっくりどうぞ」

「本当にありがとうございます」

急いでくれたようだ。喜びを口にするも、すでにウェイターは身を翻《ひるがえ》している。

結は受け取った容器の中身をさっそくカレールーにかけた。量が肝心《かんじん》だ。多すぎても少なすぎてもいけない。

「山嶺さん。それは何でしょう？　液体のようですが」

「私にとってのカレー専用スパイスみたいなものなんです」

結は容器の蓋を開けた。蔵敷に見せる。

「液体のようですね」

あ、そうか、と思う。日本生まれ日本育ちの結からすれば、間違えようのない調味料だが、蔵敷にとってはそうではないのだ。蔵敷の――出身地や生まれはわからないが、これは親しみのないものだろう。

「お醤油《しょうゆ》なんです」

「おしょうゆ」

「英語だとソイソースですね。日本の定番調味料の一つなんですけど」

「そのしょうゆを、カレーに？」

「はい。私は、ですけど」

「カレーはカレーでも、日本以外ではかけたりしないものでしょうか？」

「えっと、そうですね、たぶん……」

「かければ、さらに美味しく？」

「私は、すごく好きです」

蔵敷が身を乗り出した。何も言わないが、眼球のない真っ黒い眼窩が醤油に注がれている。

「その、もし、よろしければ、く、蔵敷さんも、かけてみますか……？」

「是非《ぜひ》」

容器を手渡すと、ルーに少しだけ、蔵敷が醤油を注いだ。

それから、食事に入った。いただきます、とスプーンでジャガイモとライスをルーと共にたっぷり掬《すく》う。そして口に運んだ。

一回目とは違う、期待に満ちた気持ちで。

すっかり壊れていたと思っていた舌が、繊細《せんさい》な味の違いを感じ取る。

もともとルーは甘すぎず、辛すぎずで、日本人好みのちょうどいい辛さだった。そこに醤油を加えたことで、味が濃くなり、さらに風味が生まれていた。コクが広がって、絶妙な和風になる。とろみのきいたルーの味が染みこんだジャガイモもしっかりと中まで火が通っていて、口の中でほくほくと崩れた。

そんなルーの味をしっかり受け止めているのがライスだ。やや硬めで、ふっくらしているのに、粘《ねば》り気が少ない。濃くなったルーにもマッチしている。

美味しいものがさらに美味しく。

奇跡のコラボレーションだと結は思っている。これほど合っているのが信じられない。昔、両親に言われ、かけて食べる前は、醤油なんて、ありかなしで言ったらなしなのではないかと思っていた。ところが、カレーの味を邪魔するどころか、醤油はむしろうまく溶け合う。

極めようとすれば、かける醤油の使い分けも重要になってくる。カレーの辛さによって合う醤油の種類も違ってくるのだ。

ウェイターが持ってきてくれた醤油は、このカレーと最高の相性だった。

これが、結が嫌いじゃなくなったカレーライスの味だ。一回目と醤油をかけた二回目で、その味の差を感じることができたのも、また嬉しかった。スプーンを動かす手が止まらなかった。

「――これです。これでしたよ山嶺さん！」

一口食べた後、蔵敷がわなわなと震えて結の手を握った。

「はい？」

気に入ってくれたのかと思ったが、それだけではないようだ。

「私が日本でカレーライスを食べ出した頃と比べ、味は洗練されたのに、何か足りないと思っていたもやもや感の正体はしょうゆだったようです……！　ああ、これで日本を離れ出張に行くときもレトルトカレーを買いこみ、さらにしょうゆを持っていけば、わたしの食生活は次なる段階へ……！」

「よ、良かったです……？」

「とても！　お礼に何か狩ってきたい気分です！　狩りたいものはありませんか？」

「そ、その気持ちだけで充分ですから……！」

「そうですか……？」

とても残念そうに蔵敷が項垂れる。

「それより、食べませんか？　美味しい料理がまた冷めちゃいます」

こんな言葉を自分が誰かに言うとは、数時間前までは考えられなかった。

ずいぶんと久しぶりすぎて、もう二度とないと思っていた感覚。

そうだった。食事とは、こんなに楽しく、美味しく、満たされるものだった。


——大学一年の秋、ある土曜日の夜。結は『すずらん』に初入店した日、『すずらん美食倶楽部《くらぶ》』に入会した。これによって、会員となる。

入会資格は、バケモノや怪物と呼ばれるような、人ならざる者であること。

『すずらん美食倶楽部』、会員ナンバー３４３７６２６８、山嶺結。

会計時に薄いプラスチックの会員カードをもらい、自分が３４３７６２６８番目の会員だということに、結は目を疑った。

想像していたより、美食家の会員客はとても多いようだ。

第二メニュー

オオカミ男と夫婦とトンカツ

あれから、二度目の土曜日を結は迎えていた。一日に最低一回は『すずらん』へ通っていると言っても過言ではない。

——もっとも、それ以外の生活の変化は、ない。

三時限目。大学で講義を受けるときはいつも一人だし、咲良を筆頭に、クラスの女子学生からは空気のような扱いだ。

空気——といえば、『すずらん』でもだろう。

繁盛するあまり、たまに行列ができていることを除けば、通常営業の『すずらん』は、本当に普通だった。客層も多彩だ。サラリーマンの姿が目立つときも、主婦層がたくさんのときも、学生が、家族連れが、友達同士が。

人間にしか見えない。客に怪しさはかけらもないのだ。女性シェフやウェイターも姿は変わらないが、彼らはもともと結には人間に見える。

ケセランパセランが弾くピアノの生演奏が聞こえないかと耳を澄ませても、店内を流れるのはラジオの有線放送だった。

壁に飾られている絵も異なっていた。ルノワールの『船遊びをする人々の昼食』、『南国の果物』、マネの『草上の昼食』だった。

店にも、怪しさは微塵《みじん》もない。ブラックホールが広がっていたと思った関係者用出入り口も、ただの休憩室《きゅうけいしつ》のようだった。

蔵敷を見掛けたこともない。

先週の土曜日、あの後、結は蔵敷と共にモノレール駅近くのコンビニに立ち寄った。蔵敷が醤油を買いたいと言ったからだ。カレーに合う醤油を知りたい、と。頼られれば嬉しいのもあるし、蔵敷のおかげで『すずらん』の食事に出会えたのだ。断る理由はなかった。……でも、思い出すと恥ずかしい気がする。誰かと話すのが楽しかったのもあるし、好きな話題でもあったために、いつになく饒舌《じょうぜつ》になってしまった。

『しょうゆにも種類がある、ということですね？』

『こいくち、うすくち、たまり、さいしこみ、しろの五種類があるんです。それぞれに特徴があって、料理によって使い分けるものなんですけど……』

『質問したのはわたしですが、山嶺さんはずいぶんお詳しいようですね』

『実家が定食屋なので、一応』

『なるほど。それでカレーに合うのはどれでしょうか？』

『好みは自分で試してみるのが一番なんじゃないかと……でも、やっぱりこいくちが無難《ぶなん》だと思います。あとはカレーに合わせる感じですね、たとえばトマトカレーだったら酸味が強いから、醤油によってはくどくなるし……』

『奥が深いようですね……道は険しそうですが、その分楽しみも増えるというものです。わたしは全種類のしょうゆを買うべきなようですね……！』

しかし、いくら便利とはいえ、コンビニに五種類の醤油が売っているはずもなく。意気消沈した蔵敷は濃い口醤油をあるだけ買い占《し》めていた。

はたして、全種類の醤油は買えたのだろうか。少し気になる。

ともかく、先週の土曜日以降は、不可思議な現象には一度も遭遇《そうぐう》していない。二回目の来店時、平日でも使えるのだろうかと、結はすずらん美食倶楽部の会員カードを会計でおそるおそる差し出した。不安は杞憂《きゆう》に過ぎず、カードは受理され、きちんと割引特典を受けられた。肝心の料理の味も、感じられる。

だから、試してみたことがある。大学構内で食事を済ませなければならなかったとき、カフェテリアでカレーライスを頼んで、食べてみた。

――水だった。

醤油をかけてみた。

――水の量が増えただけだった。

結は少しだけ希望的観測というものを抱いていた。『すずらん』がきっかけで、もしかしたら舌の故障が治って、食べ物の味を感じられるようになったのではないかと。

答えは否で、あくまでも『すずらん』限定でしかなかった。

もっと限定すれば、謎のシェフが作る料理、だ。

——人間じゃない……。バケモノ……怪物……。

心の中でため息混じりに呟く。机に置いてあったスマホに触れ、操作する。画面に現れたメモは、結の生家、山嶺家に関する情報だ。大学の講義の一環でと理由をつけて、自分の家系について調べなければならないと母に電話で根掘《ねほ》り葉掘《はほ》り質問をした。

家には父もいて、両親と祖父母について詳しく知ることができた。結にとって新事実だったのが、早くに亡くなった母方の祖母が、ハーフ——いまではダブルというのだったか——つまり、外国人の血を引いているということだ。

両親も結も、言ってしまえば日本人顔だ。残されている祖母の写真を見ても、かけらもそんな可能性に至らない顔立ちだ。

どうやら、祖母の母、結から見れば曾祖母が外国人らしかった。

しかし、母もそれぐらいしか知らない。押し入れを探してみるという母の言葉で電話を終えた。その後、送られてきたのが、古ぼけた白黒写真の画像と、曾祖母と曾祖父の名前だ。画像をスマホの画面に出してみる。

山嶺エセルと、山嶺光次郎《こうじろう》。

二人の若い頃を写したもの。ただ、写真はひどく写りが悪く、ピンぼけだ。光次郎の顔は比較的はっきりしていて、何となく結も血の繋《つな》がりを感じるものだった。のんびりした笑顔を浮かべている。母にも似ていると思う。

エセルに関しては、いかんせん写真技術のせいか、逆光のようなもので背が高くスタイルが良いことぐらいしか情報を拾えない。外国人だと言われても納得できる、ぐらいの代物だった。曾祖父、光次郎は農家の三男坊だった。エセルは、東欧《とうおう》出身だということがかろうじて判明している。

どこで二人は出会ったのか。母によれば、その仲の良さには、祖母がうんざりするほどだったとのことだ。家系についてわかったのは、ここまでだった。

ちょっと変わっているのは、やはり曾祖母、山嶺エセルの存在だ。

けれども、外国人だからといって、人ならざる者だと決めつけられるわけではないし、仮にそうだったとしても、では、種族は？

写真からは、その手がかりの片鱗《へんりん》すら見いだせない。

——子どもの頃は、何を食べても味があった。美味しい、不味いの区別もできた。でも、味を感じなくなったのは、一体いつからだったろう？

『精神的なものかもしれませんね。極端なストレスとか……心当たりは？』

味覚障害かと総合病院に行ったとき、医師にそう言われた。生憎、心当たりは結にはまったくなかった。日々のストレスなどは当然ある。だが、味を感じなくなるほどの事件に遭遇したことはないと思うのだ。だいたい、ストレスだとして、味覚に現れるのはなぜなのだろう。

講義の終了を告げるチャイムが鳴る。結は思考を切り替えた。

今日は『すずらん』で何を食べようか。

「いらっしゃいませ！　お一人様ですか？」

「は、はい……」

鈴《すず》が鳴るような声で問われ、咄嗟《とっさ》にそう答えるも、声の主が見つからず、結はひとまず店内を見渡した。そして、ほっと安堵《あんど》の息を漏《も》らす。人間とかけ離れた客たちの姿にだ。自分の夢でも妄想《もうそう》でもなかった。多様な種族の客で溢《あふ》れた店内を見ても、動揺はない。

「少々お待ち下さい」

やはり、声の発生源が発見できない。ほどなくして、また声をかけられた。

「お客様、ただいま混雑しておりまして、すぐご案内できますのはカウンター席になりますが、よろしいですか?」

またも、可愛らしい声が問う。しかしやはり、その店員の姿が見つからなかった。

「かまいません」

初老の男性ウェイターは、いた。フロアの奥のほうで玄人《くろうと》の皿裁《さらさば》きで料理を運んでいる。結に話しかけているのは、若い女性店員、だと思うのだが、一体どこに……。

「お客様?」

ようやく、わかった。結は床を見た。緑色のエプロンドレスを着用した小さな小さな女の子がにっこり笑った。十五センチほどしかない。赤い巻き毛を垂《た》らし、背中には蝶《ちょう》のような羽を持っている。――妖精?

ふわりと女の子が浮かび上がる。結の顔の前まで上昇すると、身体全体で先導した。

「では、こちらへどうぞ」

カウンター席へと歩きながら、一週間前の記憶と店内を照らし合わせてみる。前回見掛けた客たちは、今日は誰もいないようだ。カウンター席も、空いているのは一つだけだった。一番左端の隣だ。

「メニューとお冷やをお持ちしますね!」

ウェイトレスの妖精がパタパタと飛んでゆく。

ふう、と結は息を吐《は》いた。左隣に視線を向ける。隣には結と同い年ぐらいの、眼鏡をかけた青年が座っていた。不躾《ぶしつけ》にも凝視してしまった。土曜日の夜だというのに、青年が人間にしか見えない姿をしていたからだ。食べているのはサラダだ。ただのサラダではなく、透明の深いガラスボウルに山盛りになったものだ。量は四～五人前ぐらいだろうか。

「お待たせしました！」

両手に籠をぶら下げて、ウェイトレスが戻ってきた。籠にはメニュー表と、コースターに載った水入りのグラスがある。

「あ、ありがとうございます」

「いえ！　あたし、今日から入ったバイトなんです。あ、でも、土曜日だけなんですけど。頑張《がんば》ります！」

ウェイトレスが差し出してきたメニューを受け取る。

「妖精さん……ですか？」

「はい！　ピクシーです。お客様は……あ」

ピクシーのウェイトレスが両手で口を押さえる。

「ごめんなさい。詮索《せんさく》するのはいけないって、先輩に言われていたんでした。粗相《そそう》があったら、どんどんご指摘ください！　質問もお気軽にどうぞ！　お答えします！」

「じゃあ、今日のおすすめはなんですか？」

『すずらん』では、毎日、シェフのおすすめメニューというのがある。主食に限ったことではなく、主菜や副菜、デザートのこともある。多彩だ。

「今日のおすすめは、ポテトサラダ入りハンバーグです」

「……入り？」

「お肉の中にホクホクのポテトサラダが入っているんですよ！　略してポテサラハンバーグです！」

「そんなの、あるんだ……」

実家が定食屋を営んでいることもあり、それなりの料理の知識はあると自分では思っている。けれども、ポテトサラダをハンバーグで包むという発想はなかった。ぜひ食べてみたい。未知の料理へのわくわく感だ。どんな味だろう？

「じゃあ——」

と、結がポテサラハンバーグを注文しようとしたときだった。

「待て」

横から第三者の声が割って入った。大盛りサラダを食べていた、人間にしか見えない青年客だ。正面から見た顔は、非常に整っていた。真っ直ぐな黒髪に、黒い瞳。色彩は日本人としてはありふれたもの。ただ、顔立ちからして外国の血も入っていそうだ。彫りが深く、目鼻立ちがはっきりしている。意志が強そうな瞳をしているが、いまは不機嫌そうに細められ、眼鏡越しに親の敵《かたき》でも見るような鋭い目付きを結に向けている。

「君。まさかとは思うが肉を食うのか」

「は、ハンバーグを注文しようとは思っています」

「肉を食うなら移動してもらいたい」

「私が何を食べようと、自由、だと……思い、ます、が」

語尾に近づくにつれ、声が小さく、途切れがちになったのは、青年の眼光がますます鋭くなっていったからだ。

「いや、自由ではない」

しかも、そう言ってのけた。

「君がいま座っている席は、俺がリザーブしていた。店が混雑しているようなので、貸しただけだ。しかし条件は付けている。座った客が肉を食わないことだ。そもそも俺がもう一席リザーブしているのは近くで肉を食われないためだ。忌々《いまいま》しい肉をな。新人店員、どういうことだ」

青年はピクシーのウェイトレスも睨《にら》んでいる。

「あ、あの、あたしの確認不足かもしれません。先輩に訊いてきます！」

弾丸のように男性ウェイターのもとへ飛んでいってしまった。

「――暗い。陰気。青白い」

重苦しい空気が横たわる中、青年が呟く。気のせいでなければ、結の顔を見て言っている。

「奴の説明では、明るく、社交的で、健康そう、だったか。眼窩にあるべき目がないだけある。節穴《ふしあな》だな。どこが明るく社交的で健康そうなんだ。反対だろうが。あとはたしか……救世主とも言っていたか？　……俺が聞き間違えたのか？　――きっとそうだな」

なにやら一人で納得しているようだ。

「すみません……。そちらの男性のお客様のおっしゃる通りでした……」

忙《せわ》しない羽音と共に、ピクシーが戻ってきた。シュンとして項垂れている。

「お席がないので、別の席が空くまでお待ちいただくか、お肉を使わないメニューをご注文していただくかになります……」

「あ、それなら別のものを頼みますから……」

「申し訳ございません……。菜食主義のお客様にも、大変失礼をいたしました……」

青年にもピクシーが頭を下げている。しかし青年は心外だという風に片眉をあげた。

「菜食主義ではない。そもそも菜食主義が俺は理解できない」

肉が嫌いなのに？　そんな疑問が結の顔に出ていたのだろう。青年が口を開いた。

「肉を食うのが嫌いなんだ。野蛮《やばん》だろう。肉を食う。蛮行《ばんこう》の極《きわ》みだな」

これ以上ないというほど顔をしかめている。

「それが、その、菜食主義で、動物が可哀想《かわいそう》ってことだからなのでは……」

結の発言を青年が鼻で笑った。冷笑だ。

「可哀想？　可哀想などと言ったら何も食えないだろう。肉食のために殺される動物が可哀想と言うのなら、サラダなんぞ食えん。サラダに使われた野菜が『食べられるの嬉しいな。どうぞ私を僕を食べてください』なんて口々に言っているとでも？　笑止だな。そこの新人店員ピクシー」

「は、はぃぃ！」

ピクシーが飛び上がらんばかりに返事をした。

「君は植物の声が聞こえるだろう。問おう。野菜は収穫される際、何を言っている？」

「痛いよー、とか、泣いちゃってたりとか……」

「食われるときは？」

「怖いよー、とか、ですかね……」

「えっ？」

そんな声が結の口から漏れた。知らなかった。でも、考えてみれば植物だって命だ。結の視線が青年の食べていたサラダボウルに目がいく。つまり、このサラダたちも悲鳴をあげ……。

深く青年が頷いた。

「わかったか、君。植物も断末魔《だんまつま》の悲鳴をあげている。可哀想であるなら、肉も野菜も食うべきではない。信念に従うなら飢《う》え死にすべきだ。だからそんなことは考えず、生きるためには食うべきだ。弱肉強食が世界の真理だ」

「は、はい」

結も頷いた。今度からは、野菜にももっと感謝の気持ちを持って食べようと思う。

「しかし俺は肉は食わない。隣で肉を食われるのも好かん」

とにかく、この青年が肉食をとても嫌っていることは結にも伝わってきた。

「……だが、今日のところはいい」

少し残っていたサラダをさっと食べ終えると、青年が席を立った。

「俺が出る」

「いいんですか……？」

「けっしてよくはないが、いい。……蔵敷に言われているからな」

意外な名前が青年の口から出てきた。

「奴に、暗くて陰気で青白い、仲間の女がいて、困っていたら助けてやれと言われている。よって本来ならそんな必要性は微塵もないが、ここは俺が譲歩《じょうほ》しよう」

有り難い。蔵敷らしい心遣いだった。が、暗くて陰気で青白い……。この青年による結への評価は、正直、反論できないとはいえ、少々落ち込む。

「しかし、君は奴に一体何をしたんだ？」

何をしたか？　結が思いついたのは一つだ。

「お醤油の紹介とか……？」

「醤油だと……？　大豆製品である醤油は俺も認めるところだが、醤油……？」

青年が理解に苦しむという表情になった。

「蔵敷さんと、お、お友達なんですね」

「単なる知り合いだ。向こうもそう思っているはずだ」

青年はばっさりと切り捨てた。

「バイトで関わり合いがある。死を司るというだけでも厄介《やっかい》なのに、その上位種だけあって、奴らの特徴にふさわしく、注意が必要だ。敵に回したくはない単なる知り合いだ。『すずらん』と仕事以外では会いたくないな」

結は思わず首を傾げた。蔵敷のおかげで『すずらん』に入店したも同然の結だ。青年の言う蔵敷像と、自分のそれとがどうも一致しない。

「それではな」

「はい。追い出すようで、すみません。どうもありがとうございました」

青年に頭を下げて見送る。

そして青年と蔵敷に感謝しつつ、結はポテサラハンバーグを注文した。

ピクシーのウェイトレスが話しかけてくれたので、美味しいだけでなく、退屈もしなかった。可愛らしいピクシーである、彼女の名前はリーラだそうだ。


ポテサラハンバーグという夕食を楽しんだ、『すずらん』からの帰路。

駅前のスーパーで買い物の用事があった結は、駅に向かって歩いていた。小雨が降り出したので、早足だ。傘《かさ》は生憎持っていない。

「すみません」

一心に歩を進めていると、声をかけられた。顔を向ける。目の前に、二人で一本の傘を差した親子連れが立っていた。いかにもくたびれたといった雰囲気の男性と、娘だろうか、おかっぱの小さな女の子だ。

「……おかね、かして」

と、女の子が結の服を引っ張った。

「すみません。奈良《なら》から知己《ちき》に会いに東京に来たんですが、財布をなくしてしまいました。知己のところに行こうにも電車賃がないのです。……お前、幾らだったっけ？」

父親が少女に尋ねる。

「ろっぴゃくはちじゅうえんとさんびゃくよんじゅうえんでせんにじゅうえん」

「千二十円です。必ずお返しします」

非常に困っている様子だ。しかし、結の脳裏に、この夏の出来事がよぎる。

今年、猛暑の夏休み中、ひとり暮らしの結のもとへ、様子を見に母が訪ねてきた。

母は帰り際、栄養になるものを食べなさい、とまとまったお金を置いていってくれた。結の味覚のことをわかっているので、美味しいものを、とは言わないのだ。

けれどもそのお金を、結が生活費に使うことはなかった。

夕方、今日のように、駅前で声をかけられた。相手は自分より少し年上の大学生だった。財布を落とし、無一文《むいちもん》。地元にいる父が倒れ、緊急入院したと連絡を受けたばかりで、一刻を争うかもしれない。どうか新幹線代を貸して欲しいと。幸い、母が置いてくれていったお金があった。それで、結は貸した。その大学生は、携帯番号と住所を結に残し、お礼を何度も言いながら去っていった。良かったな、と結は思った。

しかし、話はそれで終わらないのだ。

数日後、また駅前でその大学生を見掛けたのだ。同じような話を、主婦にしているようだった。主婦は断ったようだが、また別の人に大学生は声をかけていた。いや、大学生ではないのかもしれない。渡された携帯番号に、結が掛けることはなかった。騙されたんだな、と思っただけだ。母にも謝った。母は「そういうこともあるわよ」とわざと明るく言ってくれた。

「――千二十円ですね」

結は財布を取り出した。千円札を一枚と十円を二枚。

「はい。どうぞ」

女の子のふっくらとした掌に、千円札と十円硬貨を落とす。

「ありがとう！」

「良かったな、お前。ほら、都会にも親切な仲間がいるって言ったろう？　時代はグローバルってやつなんだ」

「うん」

——ん？と思う。……仲間？

「これが私らの故郷の住所です」

紙切れを渡される。親子は駅へと消えていった。それを見送る結の耳に、やり取りを見ていたらしいバス待ちの高校生グループの声が届いた。

「うっわー。あの人、貸しちゃったんだ」

「子どもだしにした見え見えの方法じゃん。まんまと引っ掛かってばっかじゃねーの」

「だいたいさ、金ないんなら交番行けっての」

結は足早にスーパー方向へ向かった。高校生グループの目の届かない場所まで来て、立ち止まる。小雨は止んでいた。握ったままだった紙切れを開いてみる。

住所は——。

「葛城《かつらぎ》山《さん》？」

水曜日の平日、夕方。連日通い詰めている『すずらん』で、結ははじめて顔を知っている、かつ人間ではないと断言できる客に出会った。今日は比較的空いていて、その客は、結が座った二人掛け席の真横、四人掛けの席に同伴者と一緒に座っていた。

高校生らしき男子二人と女子一人の三人組だ。学校帰りだろう、制服姿で仲良く談笑しながら食事をしていた。一人は、体格の良いふくよかな少年だ。

「なーなー。俺もすずらん美食倶楽部に入りたい。ずるくない？　俺なんて親父と一年以上前から通ってるのに。今年留学してきた奴がすんなり会員になれるっておかしい。会員資格だって謎に包まれてるしさー」

「同感！　わたしも会員になりたい！」

一人は真面目そうな少女。

「高橋《たかはし》君も斉藤《さいとう》さんも無理かなあ」

答えた三人目は、完全に人間の姿に擬態している、あのユニコーンの少年だ。会話からすると、同伴者の二人は、つまり人間なのだろう。「何で？」と二人に同時に問われ、少年が視線を彷徨《さまよ》わせた。

「何でって……」

言葉が途切れる。結と視線が合ったのだ。この場合、どうすればいいのだろう。会釈してみると、少年もちょっと頭を下げて視線を逸らしてしまった。

「何ででも。いまのままだと無理ってことだよ」

不満の声があがったが、その後も楽しげに話している。ユニコーンと人間なのに、まったくそんな風には見えない。ユニコーンの少年も、友達と一緒だからなのだろうか、初対面のときとは印象も違う。

隣からは何度も笑い声が挙がるものの、一人の結の席は当然無音だ。

「――ねえ、あなた」

突如《とつじょ》、話しかけられ、結はびくっとした。

「悪い卦《け》が出ているわよ」

胸元に水晶のペンダントを下げた中年女性が、結を覗き込んでいた。

「わたしね、占師《うらないし》をしているのよ。ただ、食事に来ただけだったのよ。こんなこと、普段は滅多にしないんだけど、あなたがあまりにも不幸を背負っているものだから、気になっちゃって」

「はあ……」

占師と言われれば、そんな風にも見えてくる。いや、それとも、もしかしたら……仲間、なのだろうか？　結には判断ができない。できるとすれば、方法は一つだ。

「あの、『すずらん』の会員、ですか？」

中年女性が「当たり前よ」と首を縦に振った。なら、大丈夫だろう。

「あの、変な質問をしてすみませんでした。それで、お話は？」

「そう。あなたの悪い卦のことなんだけどね。予言って言ってもいいわね」

中年女性が結の対面の席に座った。結に向かって身を乗り出して、喋《しゃべ》り始める。女性はどうやらこちらの身を案じてくれているようだった。結も居住まいを正して真面目に聞き入る。

十分は経ったろうか。新たな人物が現れた。結たちの座る席の傍らに、無精《ぶしょう》ひげを生やした男性が立ったのだ。客だ。年は五十代ぐらいだろうか。

「ああ見ちゃいられねえ。いられねえったらいられねえや。しかも予言と聞いたらもう黙っちゃいられねえや」

中年女性の知り合い――というわけでもなさそうだ。

「あら。何かご用？」

「ふーん。あんた、相当恨まれてるな。明日は恨みで稼いだ金で買った車が納入される。ただなあ、それ、中古車だろ？　事故車だ。乗るとヤバいぞ。死ぬな。しかもこりゃあ逃れられそうにねえや」

「な、何で車のことを知ってるのよ！　気持ち悪い！　嫌だ……。失礼するわ！」

青ざめ、震えだした中年女性が立ち上がり、小走りに行ってしまった。

「――ああいう良くない人間の客も中にはいるわな」

かわりによっこいしょ、と椅子《いす》に座ったのは、無精ひげの男性だ。

「人間……？」

男性が財布からぴらりとプラスチックのカードを取り出した。すずらん美食倶楽部の会員カードだ。

「どうやら仲間の判別ができてないようだが、こういうカードだってあるんだ。せめて現物を見てからでなきゃな。あれは人間。俺はお仲間。もっと警戒心を持ちなよ。あの人間、騙して変なモンをあんたに買わせるつもりだったんだぞ」

「はい……」

中年女性の話を聞いていて、もしかしてそうなのかな、と思ってはいた。しかし、反省するしかない。

「お仲間だからって無条件に信じるのもまずい。おせっかいもいるけどねえ」

男性がどこかに目を向け、すぐに戻した。

「は、はい！」

「よし、いい返事だ。いい返事ついでに教えよう。俺は予言が得意だ。予言してやろうじゃないか。今週の娘さんのラッキーグッズは豚肉だ！　豚肉が勝利を呼び寄せる。よく覚えておくといい」

朝の番組でさらっと流れる占いのような軽さだった。

小声で結にだけ聞こえるように男性が付け足した。

「俺に目をつけて呼んだのは、隣の席のユニコーンだ。お礼言っとけ」

言われて、振り向くも、あの少年たちの姿はない。会計のために荷物を持ってすでにレジだ。

「ユニコーンにはあとで会えるからそのときにでもな」

「あとで……？　あ、あの、あなたは？」

どなたですか？　というのも変だし、何の種族ですか？　というのもどうなのだろう。結が二の句を継《つ》げないでいると、男性がこともなげに答えた。

「うん？　俺は人間には件《くだん》って呼ばれてる。日本生まれだ。お。連れの牛女《うしおんな》が来た。じゃあな、娘さん。今度は人間の嘘に引っ掛かるなよ」

「豚肉……。豚肉……？」

あれから、結は聞き慣れない『件』について調べてみた。日本の妖怪の一種、だろうか。江戸時代に目撃の記述がある。牛の頭に人間の身体を持ち、予言をする。そして、その予言は外れることはない。おどろおどろしい記述もあったのだが、どうも本人のフランクな様子と合致しなかった。だって、そんな件がラッキーグッズなどと口にしたのだ。しかも、それは豚肉なのだ。おかげで豚肉が頭から離れない。

そして、三度目の土曜日を結は迎えていた。『すずらん』通いは続いている。もう多様な種族だらけの店内にもすっかり慣れてしまった。もっとも、件の男性と話した以外、相変わらず他の客と話すようなことはない。ユニコーンの少年にもお礼が言いたくて、行くたびに毎回店内を探すのだが、こちらもいまだ会えずだ。

ただ、常連客がわかるようにはなった。もっとも頻繁《ひんぱん》に会うのは七十代ほどの、たぶん白人の老人男性だ。話したりはしないが、たまに視線が合う。でも、見掛けるのはいつも平日だった。これまでの土曜日夜の店内にはいなかったように思うから、おそらくは人間の常連客だろう。

だから、比較的親しくなったと自分でも言えるのはピクシーのウェイトレス、リーラぐらいだったが、彼女は平日には出勤していない。

けれども、今日は土曜日だ。リーラとも楽しいお喋りができるかもしれない。

豚肉のことはひとまず頭の隅に留めておくことにして、大学のあるモノレール駅に降り立つ。大学へは改札を通れば駅から直通だ。大学生がここで一気に降りるので混雑する。いつもは波が引くのも早いのだが、今日はなぜかそれが遅かった。

「法学部の月守《つきかみ》くんでしょ？　あれ。彼女いたんだー、ショック」

「彼女っていうには、ちょっと年上っぽいけど。それに外国人？」

「何話してるんだろう。深刻そうじゃない？　別れ話かも」

漏れ聞こえてくる会話で何となく結も察した。

結の通う大学は規模的に見て大きいほうだ。学部が違えばサークル活動でもしていないと他学部の学生との接点は生まれないし、面識がないのが普通だ。しかし有名人ともなれば別だった。容姿だったり、テレビに出るような活躍をしていたり、大学の機関誌で取り上げられていたりと、顔が知れ渡っている学生は何人かいる。……咲良なども、その一人だろう。

そういう人物が、ちょうど駅の改札付近にいるのだ。会話からして、法学部の男子学生のようだ。人垣の隙間《すきま》から、話題に上がっていた人物、二人組の姿が視界に入る。

まず見えたのは女性だ。エキゾチックな小麦色の肌をした女性だ。身体の線を隠す、どこかの民族衣装のような服を身につけている。顔も目元しか見えないが、それでも美しいということがわかる。『すずらん』にいた、ユニコーンの姉とはまた違った雰囲気の美女だった。男子学生のほうは──。

結は目を瞬かせた。

あの青年だ。肉が嫌いで、そのためにわざわざ隣の席をリザーブしていた客。

同じ大学、だったのか。驚きに包まれた後、でも、とすぐに結論づけた。──だから、何なのか。蔵敷によると、彼らのような存在は、人間が認識していないだけであって、たくさんいる。すずらん美食倶楽部会員の数からしても、あの青年が同じ大学に通っていたっておかしくない。とはいっても、結と関わりがあるわけではないのだ。

ふと、青年と目が合う。なぜか、女性を伴い、青年が近づいてくる。大学入口通路へと向かおうとしていた結を呼び止めた。

「暗い陰気青白い」

別の人物に対してだと思いたかったが、その羅列《られつ》に心当たりがありすぎた。

なんという覚え方をしているのだろうか。とりあえず訂正してもらうことにした。

「山嶺結と申します……」

「俺は月守笙《つきかみしょう》だ。君に訊きたいことがある」

「あの、つ、月守さん……ここでですか？」

妙な注目を集めてしまっているようで、とてもいたたまれない。結としては逃げ出したいところだ。

「俺は自分の名字が非常に嫌いだ。呼ぶなら笙のほうにしてくれ」

対する相手はいたってマイペースだった。

「わ、わかりました……。そんな機会があれば、そのときは、そうします」

機会はきっとないと思うが、波風は立てず、そう答えておく。鷹揚《おうよう》に、笙が頷いた。

「ああ。それでだ、移動の必要はない。あることを訊きたいだけだ。すぐ済む。嫌でも我慢しろ。『すずらん』で席を譲ったろう」

「そうですね……。なんでしょうか」

笙が声をひそめた。

「イフリートを見掛けなかったか？」

「いふりーと？」

「ジンの一種だ」

ああ、そちら方面の話題なのか、と結は思った。しかし、自分はさっぱり役に立てないのだ。首をひたすら横に振る。

「そうか。期待はしていなかった」

頷くと連れの女性を顧みる。

「すみません。行きましょう」

笙たちが行くと、彼目当ての女子学生も散らばっていった。悪目立ちをしてしまった結もそそくさとその場を去った。


二時限目が終わった。咲良たちはまだ教室に残っている。普段と違うのは、妙に彼女たちグループの視線を浴びる点だ。いつもなら結は空気だというのに。だが、断片的に聞こえた単語でわかった。「月守」だ。朝、結が月守笙に話しかけられた一件は、咲良たちも知っているようだ。……気が重い。

廊下へ出る。階段へ向かった。考古学専攻の研究室がある上階へ行くためだ。今日までの提出物があるのだ。

提出は簡単だった。研究室の前に提出机《づくえ》があるので、そこの箱に投函《とうかん》するだけだ。

箱の横には案内プリントの束もあった。紙が飛ばないよう、骨董品《こっとうひん》のランプが重しとして活用されている。

「変なランプ……」

結は「ランプ」と形容したが、いわゆるランプと言われて想像する形ではなかった。ランプはランプでも、物語に出てくる魔法のランプのような形状。金色で蓋がついている。そしてシール塗《まみ》れだ。達筆な文字で『悪鬼封印《あっきふういん》』と書かれたシールが二重……いや三重に貼《は》ってある。

各専攻の研究室や教授たちの部屋がある上階は、すでに昼休みに入ったこともあって、ほとんど人通りがない。提出机に背を向け、長い直線の廊下を歩く。結の靴音《くつおと》が響く。――続いて、金属音も。

結は振り返った。ぽつんと、ランプが落ちていた。しかし、聞こえた金属音は、落下音ではなかったし、落下にしては、ランプの位置が提出机から離れすぎている。

――見なかったことにして、前を向くと、早足で結は歩を進めた。金属音もついてくる。立ち止まった。金属音も止まった。

恐る恐る、再度振り返った。

ランプが、足元にあった。……ついてきている。困る。前を向く。走ることにした。

エレベーターのボタンを押す。タイミングよく開いた。エレベーターへ飛び込み、閉ボタンを連打する。

しかし、ランプはしつこかった。閉まりだしていたエレベーター内へ、滑り込みで侵入に成功してきた。後退した結は、ごくりと唾《つば》を呑み込んで壁に背中を押しつけた。

『汝《なんじ》、拾え』

ランプから、野太く、重々しい男の声が響く。

「い、イヤです……」

『……頼むから拾って！　お願い！』

一気に声の調子が変わった。威厳のあった声音が、どこにでもいるおじさんのような雰囲気へ。切羽詰《せっぱつ》まっている様子だ。

『お嬢さん、仲間でしょ？　もうお嬢さんだけが頼り！　どうかどうか救いの手を！』

「な、仲間の方、ですか……？」

ランプが激しくその場で左右に揺れた。

『互いに人間じゃないよしみで拾って欲しい！　いいや！　拾ってください！　そしてシール剝がして！　じゃないと地の果てまで追いかける！』

「わ、わかりました……」

屈《かが》んで、両手でランプを摑む。拾い上げた。えい、と『悪鬼封印』のシールを一気に剝がす。ランプの細い穴から煙がもくもくと立ちのぼる。煙の中に男性の形が浮かび上がる。アラビア風の民族衣装を来た強面《こわもて》の男性だ。頭にはターバン。立派な顎ひげを蓄え、お腹の肉付きも立派だった。男性が宣言する。

『我、鬼神イフリートなり！　汝に我の願いを叶《かな》えて欲しい！　……おっと、これだと足りないな！　おじさんの願いを叶えてくれたらお嬢さんの願いを叶えよう！』

腰に両手を当て、ドヤ顔だ。

願いを叶えてくれる、ということ自体には、とても惹《ひ》かれる。味を感じ取る機能が壊れている自分の舌を治して欲しい。それが目下の、一番の結の願いだった。しかし。

「あの、別に叶えてもらわなくても……」

『んん？　おかしいなあ。おじさんの聞き違いかな？』

「ええとですね、別に叶えてもらわなくてもいいというか……」

『ええっ？　願いないの？』

「いえ、人並みに願いはありますけど、対価を要求するほどのことでもないんじゃないかと……」

『えっ。本気で言ってる？』

「はい。あのですね、そもそも、鬼神さんのお役に立てるのかどうか……。私、ついこの間、自分が人間ではないと知りまして……、人間と、そうではないものの区別も正直……。いまだ、半信半疑なところもあり……」

『あー、無い無い。無いねえ』

「はい？」

鬼神がひらひらと手を振った。

『お嬢さんが人間ってことはないね。明らかだね。それよりお嬢さんの無欲さが信じられないね。だってお嬢さんってアレでしょ？　あの種だよね？』

「私が何かわかるんですかっ？」

『うん。わかるよ。何を隠そう、おじさんは目のいい有能なイフリートだ！　知りたいのかな？　よし、それを願いにするのはどうだろう』

「それは……結構です。人助けみたいなものですよね？　それでお礼を要求するのは、何か違うと思うというか……」

『ふーむ。おじさんは別にいいんだけどね。ちょっとお嬢さんが、親切すぎて心配になってくるねえ。まあ、おじさんはそこにつけ込まさせてもらおう！』

「あ、でも、さっきも言いましたけど、鬼神さんの願いによっては、そもそも協力できないと思いますよ？　たいしたことはできないので」

『安心して欲しい。そう難しい話じゃない。わたしをだね――むっ？』

煙が消え、鬼神がランプに戻ってしまった。

『追っ手が来てしまった。おじさんの封印が解き放たれたことに気づいたようだ。逃げるんだ！　しかしカミさんではないようだな……。あのオオカミ男か……。よし、お嬢さん、男子禁制の場所へ！』

「は、はいっ！」


『うむ。ここなら落ち着いて話せるな』

「私はちょっと嫌なんですけど……ランプから出ないでくださいね」

『ははは。ちょっとじゃなくて、ものすごくだろう？　お嬢さんは表現を抑制するのが好きなようだ』

男子禁制の場、文学部棟一階、女子トイレの個室にて。

結は両手に持ったランプと密談している。

「――それで、願いって何ですか？」

『「すずらん」へ連れて行って欲しい』

「……すずらん美食倶楽部のある？」

『その通り！　話がはやい。お嬢さんも知っているようだな。「すずらん」へ行けばおじさんの勝ちだ！　カミさんの負けだ！』

「あの、カミさんっていうのは？」

『妻だよ、奥さんだ。おじさん、思うんだ。あいつは、善良なジンニヤーのはずなのに、超怖いって……』

ランプが身震いした。夫婦の強弱関係を垣間見た気がした。

「鬼神さん……イフリートさんは、たぶん、ランプの魔神、なんですよね？　アラジンの魔法のランプに出てくるような」

『アラジン？　人間の間でも伝わっているんだっけ。あれに出てくる「ランプの魔神」っていうの、たしかにおじさんと同じ階級だけどさー、あいつよりおじさんのほうが絶対強いね！　自信あるね！』

そこから自慢話に入った。

イフリートは、アラビア半島に生息している、人間がいうジンという存在なのだぞうだ。妖霊《ようれい》、精霊《せいれい》、霊鬼《れいき》、魔神《まじん》などと訳されている。ただ、ジンは複数を示していて、単数ならばジニーになる。また、ただジンといえば男で、女ならばジンニヤーだ。

階級もある。ジンの頂点に立つのがイブリース。次にマリード、イフリート、シャイターン、ジン、ジャーンと続く。階級にもジンがあるので少しややこしい。

『わかったかな？　我、鬼神イフリートなり！　と宣言した意味が！　おじさん、地元だとマジで偉《えら》いからね！　妻も同じ階級のイフリータだしね！』

そう。なぜ階級の話をしたのか。結局言いたかったのは、自分が階級では上位だ、ということらしい。

「……ええと、その、話を戻しましょうか。イフリートさんは、奥さんのイフリータさんから逃げてるってことですよね。喧嘩《けんか》でもしたんですか？」

『いやあ、喧嘩っていうか、カミさんさー、善性のイフリータで、おじさんとは不倶《ふぐ》戴天《たいてん》の敵でもあるから。おじさんが悪の道に引きずり落とそうとした人間を助けちゃったりさあ……それが縁で知り合ったんだけどね？　結婚もおじさんのやんちゃを諌《いさ》めるのが目的だった。例外的に許されただけで、本当なら結婚できない組み合わせ！』

――もしや、このランプ、捨てたほうがいいのだろうか？　むしろ、捨てても他人に迷惑がかかりそうなのが難点だ。神社仏閣でお祓《はら》いをしてもらう？　でも、宗派が違っても効き目はあるのだろうか。思案するうち、一応、ポケットに忍《しの》ばせてあるもののことを結は思い出した。『悪鬼封印』シールだ。またランプにぺたっと貼ってしまうのが一番の解決策なのでは。……どうしよう？

『いやあ、悪いことといっぱいしたなあ！　昔取った杵柄《きねづか》！　日本の妖怪に教えてもらったんだよ、これ』

「イフリートさんが更生すればすべてまるくおさまるんじゃないかと……」

『更生だと……？　馬鹿な……！　いいかい！　お嬢さん！』

感極まった様子でイフリートが叫んだ。

『善性になったら、なったら……トンカツが食べられないんだよっ？』

ランプが十センチくらい、結の手の内から飛び跳ねた。

「――トンカツ？」

問い返すと、ランプの中から過去に思いを馳《は》せ出した。

『トンカツ……。あれは、おじさんが、ラマダン中、イスラム教徒の人間信者に豚肉を食べさせ、二重の意味で堕落《だらく》の道へ突き落とそうとしたときのことだった……』

やっぱり『悪鬼封印』シールの出番かもしれない。それに……トンカツ。トンカツは豚肉を使った料理だ。件の言っていた予言は、イフリートとの出会いを示していたのだろうか？

『カミさんと日本に旅行に来てたんだけど、異国の地、日本には豚肉の塊としか言いようが無い絶好の料理があった。日本が誇る洋食の一つ、トンカツが！』

「トンカツは和食だと思うんですけど」

実家の定食屋では、和食のカテゴリーで提供されていた。そのため、結の中ではトンカツは洋食ではない。ここぞとばかりにイフリートがまくし立てた。

『和食？　洋食だとも！　いいかね、そもそも日本における洋食とは、二系統ある。フランス料理やイタリア料理などの西洋料理をそのまま踏襲《とうしゅう》したものと、明治維新《めいじいしん》後に日本人が魔改造《まかいぞう》してできた日本風の西洋料理である！』

「は、はい」

魔改造の日本風洋食の代表は、カレーライスだろう。

『トンカツは後者である！　語源は、フランス語のコートレットに由来するのだ。料理としては豚肉ではなく子牛や羊肉《ひつじにく》が主体だな。英語ではカットレットだ。これが詰まり、日本語ではカツレツになる。ビーフカツレツやチキンカツレツが作られる！』

イフリートの熱い語りは止まらない。

『そしてついに豚肉、ポークカツレツの登場だ……！　やがて日本語の豚《とん》と、英語のカットレットから、造語としても「トンカツ」が満《まん》を持《じ》して誕生する……！　おじさんはポークカツレツなどではなく、「トンカツ」と呼ぶのを推奨《すいしょう》する次第である！』

　そういえば、『すずらん』のメニューにもトンカツがあった、と結は思った。あれはトンカツも洋食の一種という解釈からなのだ。素直に結も頷く。イフリートのいるランプの細い口が満足げに上下した。

『そんな豚肉料理、トンカツをだ。おじさんは、善性で神の徒《と》である妻と違って、食は自由だからね。堕落の道具として利用する前に自分でも食べてみたわけだ！』

　そしてトンカツの虜《とりこ》になったという鬼神イフリートは、妻の目を盗んでトンカツ道を突き進んだ。しかしついにばれ、豚肉を巡る仁義なき戦いへと発展した。いまも戦いは続いている。

『この間なんて、おじさんがせっかく裏で業者に注文していた最高級豚肉をカミさんが断ってしまったんだ！　仕事で鬱々《うつうつ》していたのを、トンカツを自作する希望を胸に家へ踊りながら帰ってきたのに！　だがおじさんはやられっぱなしではない！』

　おそらく、イフリートが胸を張った。ランプの動きから、結はそう感じた。

『また豚肉を取り寄せたんだ。ところがサクサクトンカツ作りは失敗！　だがここからだ！　その日はジン仲間との会合があった。悪性や善性、階級も関係ない会合だ。閃《ひらめ》いたね！　宴会《えんかい》用の料理に、私は失敗トンカツを粉状にし、混ぜ込んだ……！』

「なっ……。善性の方々、食べちゃったんですかっ？」

それは、とても不味いのではないだろうか。

『残念ながら食べさせること叶わずだ……！』

ランプが悔しそうにぶるぶると震えた。

『カミさんに阻止《そし》されてしまった。善性の奴らは一口も料理を食べなかった。失敗トンカツ粉入りの料理は悪性仲間で食べることとなった！　なのにジン戦争が勃発《ぼっぱつ》しそうになってねえ。まったく、善性は心が狭《せま》い狭い。カミさんも大激怒でしばらく口をきいてくれなかった……。あれは下手《へた》に戦うより傷つく……！』

奥さんの機転により、ジンたちの戦争は回避されたようだ。話を聞いていただけの結も胸をなで下ろす。ところがイフリートは懲《こ》りていない。

『そして今回だ。出張だと嘘をつき、日本のグルメガイドブックも後輩のシャイターン経由で手に入れてやって来たのに！　空港へ到着した途端、日本の入管取締局の奴らに捕まりそうになってしまった！　どうやらカミさんはおじさんの動きを察知し、通報していたらしい……』

入管取締局。知らない単語だったので質問してみると、教えてくれた。各国への人ならざる者の出入りを監視している機関で、もちろんほとんどの局員が人間ではない。

「でも、イフリートさん、通報って、何もしていない……んですよね？」

『していないとも！　トンカツの地と知ってから、日本で悪さはしていない！』

「なら、捕まっても良かったのでは？　話して誤解をとけば……」

なにしろこの鬼神は、要するに、トンカツを食べに日本に来ただけだ。

『えー。取締局って嫌いなんだよなあ。カミさんも先回りして空港にいたしー。ところが一旦《いったん》は逃れたものの取締局の若いオオカミ男に捕まってね。凶暴《きょうぼう》な奴で殺されるかと……。いや、おじさん、強いんだよ？　強いんだけど、地元のアラビアじゃないと秘められし実力は発揮《はっき》できないわけだ！　そしてこのランプに封印されてしまったんだよ。幸い、おじさんは暗くて狭い場所大好きだったから良かったものの……』

ぶつぶつ言っている。

『まあしかし、しょせんは若造。おじさんは温存していた力を使い、隙を見て逃げ出した！　そして待った！　「悪鬼封印」を剥がしてくれる仲間が現れるのを……！』

「それが私なんですね」

ため息をつく。が、無人だったトイレに響いた足音に、反射的にランプの蓋に片手を押しつけた。

「――山嶺さんだけどさー」

結の肩が跳ねる。入ってきた利用者は、結の名字を口にしている。閉じた個室のドアを見つめた。

「あの子がどうかした？」

きっと、咲良とよくいる、専攻クラスの女子学生だ。そのうちの二人。扉越しに感じる気配からすると、咲良は、いないようだ。

「咲良が嫌うだけあるなーって」

「わたしも、人の顔色を窺ってる感じがイライラするかも」

「なんか暗いしね。わかるわかる。下を向いてて卑屈《ひくつ》な感じ？」

「ほら、この前、教授が誘ったせいで、山嶺さんとご飯たべる羽目になったじゃない？　あれ、どういう神経なんだろうね」

「覚えてる。食べたくないんだけど食べてますーってあれ？　ムカつくよね」

「まさにそれ」

——だって。そんなこと言われたって。

心の内で唱えかけた言い訳は、途切れてしまう。

唇を噛みしめる。

『けしからん』

内鍵《うちかぎ》が勝手に動いた。ランプが結の手の押さえなどものともせず、扉に体当たりした。勢いよく、個室の扉が開いてしまう。ランプがタイルの床に着地した。二人の女子学生はあっけに取られた様子で結とランプを見ている。

『なぜ、その文句を対象に言わない！　おじさんだってカミさんが不細工に見えたときは「今日はまた不細工だな。化粧を手抜きしただろう。それに太ったか？」と正々堂々と言っているんだぞ！　カミさんも「この中年デブ！　ハゲ！」などを序の口に短くも心を抉《えぐ》る激しい口撃を加えてくる！　いいかね？　悪性のおじさんは悪口を言うなと言っているんじゃない……！　むしろ悪口が大好きだ！　ただし！　せっかくの悪口を陰でこそこそ言うなんて、もったいない！　悪口の無駄《むだ》遣《づか》いだ！』

「や、山嶺さん……」

「いたんだ……」

ランプではなく、結に視線をやっていた二人は、顔を見合わせた。決まりが悪そうにしている。幸いというべきか、不幸にもというべきか、熱弁が聞こえているのは結だけのようだった。

「い、イフリートさん。そのへんで……」

二人の目を気にしながらも、小声で結が諌めるも、

『んん？　なぜだね？』

　と返ってきた。しかも、研究室前でそうだったように、ランプを自ら動かして、結のもとに戻ってこようとしている。これは不味い。ランプが個室から飛び出してきたのは、結が二人の会話に耐えきれず、なぜか持っていたランプを投げた――で何とか辻褄《つじつま》は合う。けれども、ランプが独りでに動いたら、超常現象だ。

　結は駆け寄って、ランプを捕まえた。両腕で抱える。入口へ走る。が、そこで、誰かにぶつかった。

「ちょっと、あぶな――」

　ぶつかった相手は、結だと気づくとすぐに口を噤《つぐ》んだ。

　なんてタイミングが悪いんだろう。咲良だ。結を見、結が抱えるランプを見、戸惑っている。しかし、結は背を向けると駆けだした。

「ご、ごめん、なさい」

　ああ、これでますます咲良に変に思われたことだろう。トイレにいる咲良の友達のこともある。絶望的な気分になった。明日からは、もともと芳《かんば》しくなかったクラスの女子学生の結へのマイナス評価に『変わり者』が――なにしろ、ランプに話しかけていたのも見られてしまった――加わるに違いない。

あの場では、彼女たちが出て行くのを待つのが正解だったのに。そのつもりだった。であれば、彼女たちも、結に聞かれていることなど知らないまま。……咲良にもぶつからなかったはずだ。

ランプを抱え、構内を走る。立ち止まっても、結は俯いていた。黙ったままでいると、イフリートが焦った様子で口を開いた。

『そ、そうだ！　お嬢さんも悪口を言ってみるといい！　試しにわたしに言うのはどうだい！　さあさあ！』

「…………」

『ち、沈黙か。そう来たか。日本だとおたんこなすとかあんぽんたんとか……。これは死語だったかね？　もっとこう、最先端の言い回しだ……！　臓腑《ぞうふ》を抉り、弱点を突き、心臓に突き刺さるような悪口をぶつけてすっとするといい！』

くすっと思わず、結の口から笑い声が漏れた。トイレからあんな形で飛び出すことになった原因の一つはイフリートだった。でも、これは、イフリートなりに結を慰《なぐさ》めてくれているのだろう。

「悪口は思いつきませんけど……ありがとうございます」

『えっ？　いやそのだねえ……。おじさんは悪性であるからして善意などは微塵たりともなく！　ただ悪口を聞きたかっただけだ！　勘違いしないように！』

三時限目の講義に結は出席していた。まだ結がこうして大学にいるのは、イフリート自身がそうしたほうがいいと言ったためだった。

イフリートは追われている身だが、人間に紛れていたほうが、取締局も派手な動きはできないのだそうだ。人混みで本性を現すなどもってのほか、だそうだ。

追跡も人間的なものになる。空を飛んだり、種族によっては能力を使ったり――人目のある場所で目立つ行為は控えるのが推奨される。いや、できなくはないらしいのだが、後始末が大変、とのことだ。人件費、物理的破壊があった場合は修理費を含む隠滅費等々。人ならざる者たちが起こした不慮の騒ぎがあれば、誰かが責任を取らねばならない。それはたいてい、入管取締局の役割になる。なので、追われる側がついうっかり――先ほどのトイレの時のように――本性を晒すことはあっても、取締局側が大々的に仕掛けてくることは滅多にない。

ひとまず集団の中に身を潜め、夜の会員客専用の開店時間に合わせて『すずらん』へ行く、ということで一応話はまとまった。

ランプは鞄《かばん》に仕舞ってある。が、講義中でもイフリートは構わず結に話しかけてくる。だが話し返すわけにはいかない。返答が必要なときは、スマホに文字を入力してランプに見せている。

『――じゃあ、「すずらん」でトンカツを食べたら、大人しく捕まるんですね？』

『うむ。おじさんはもともと無実だ！』

『ちゃんと説明すればいいだけなのに……』

『だがね、そうしたらカミさんにも捕まるんだよ？　取締局員をどうにかできたとしても、カミさんとの対決は避けられない！　それにカミさんに「トンカツ食べていい？」って訊いて、「いってらっしゃい」って言われるはずがない！　無理に決まっているじゃないか！　この話に関してはカミさんとわたしは水と油だ！　全力で阻止してくる！　だからおじさんも全力でトンカツを喰《く》いに行く！』

スマホをタップして文字入力する、も、操作に失敗してやり直す。

『しかしお嬢さん、いまどきの若者にしては入力が遅くないかな？　おじさんの弟の娘なんか、タタタターン！　ススススス！　と』

普段、メールのやり取りすらほとんどしないから、早さなど求められない。だから、結のスマホ操作入力は低い。

『これから上達する予定です』

そのはずだ。そして、当初の文章をたまにミスをしながらフリック入力する。

『実は、今朝、イフリートさんのことを探している、月守笙っていう学生と、すごく綺麗な女性に会ったんですけど』

『おじさんを探していたとなると、取締局員かもしれないいな。女性は……すごく綺麗な女性なら、カミさんかもしれないいな。カミさんは、超怖いけど美人だ！』

そんな、スマホを使ったやり取りをした講義後、結は駅へ直結するプロムナードを歩いていた。鞄の口からランプの先っぽだけを覗かせて、一応、周りを警戒しながら歩き続ける。イフリートには、何か気づいたらすぐ声を掛けてくれるよう言ってある。

が、結は激しく不安だった。

『ト、ト、トンカツ〜。美味しい豚肉、すっじ切り、叩いて、シ、オ、こっしょう〜』

イフリートが自作らしいトンカツの歌を口ずさみ、歌に夢中だからだ。

モノレールの車両が駅の近くまで来ているのが見えた。あと一、二分もすれば学生がぞろぞろ出てくる。結は改札の前までやってきた。ここまでは順調だ。

『——撤退！　撤退！』

突如、歌うのを止めたイフリートが叫んだ。

『お嬢さん、逃げるんだ！　ヤバいのがかり出されてきたようだ……。取締局にそんなツテがあるとは……！　来る……！』

「き、気づくの遅くないですか？」

『すまない……！　トンカツの歌でご機嫌になるあまり、三番まで歌いきりたくて、つい……！』

「つい、じゃないです！」

『ああ！　もうすぐそこに！　間に合わん！　見つかるぞ！』

イフリートの言う『ヤバいの』は、いま到着したモノレールに乗車していたようだ。誰がそうなのか？　改札を通ってやってくる中に、結は見知った顔を発見した。

「おや？　山嶺さんではありませんか」

いつぞやのように、気さくに声を掛けられる。

「あ、こんにちは」

気の抜けた結も、挨拶《あいさつ》する。

本性ではないが、彼ならば、人間に擬態した際の姿も知っている。服装は違うものの、紺色《こんいろ》のスーツに身を包んで立っているのは、たしかに蔵敷だった。

「もしや、こちらの大学に通われているんですか？」

「はい。一年です。蔵敷さんは……」

ちょっと気になっていたことを思い出し、訊いてみることにした。

「あの、お醤油は買えましたか？」

蔵敷が破顔する。

「濃い口をとりあえず追加で箱買いしまして、他の四種類も一瓶《ひとびん》ずつそろえました！

各出張先の拠点に備蓄してあります。私はしろの味が好きなようです」

「しろですか……。通ですね」

「おかげで楽しいカレー生活を送れています。レトルトカレーが醤油であれほどの激変を遂げるとは……長く生きてみるものですね……。ただ、同僚に発見され、一部食べられましたが……不覚でした。いま思い出しても無念です……」

『ひっ！　怒ってる怒ってるう！』

「まあ、同僚のことはいいんです。借りはいずれ、百倍ぐらいにして返すとしまして
……山嶺さんにぜひお伝えしておきたいことがあったんでした。醤油ですがね、『カレー醤油』なる商品も発見したんですよ！」

「へえ……それは知りませんでした！」

「『カレー醤油』だけあって、中々……。ただ、素の醤油を自分でブレンドするのも

捨てがたく……」

「わかります。すごくわかります」

「わかっていただけますか！」

『お、おおおお嬢さん？　何を意気投合を』

「蔵敷さん、ちょっと失礼しますね」

「はい。お気になさらず」

了承を得て、蔵敷から数歩分離れ、ランプへと小声で答える。

「『すずらん』でお世話になった方なんです」

『お世話になったって、悪性のおじさんから見ても、あんな危険生物としか言えないのとよく暢気《のんき》に挨拶と世間話を……こっち見てる！』

ランプが動き、結の鞄の中へ引っ込んでしまった。

「蔵敷さんはこちらへはお仕事ですか？」

結が戻って質問すると、スーツ姿の蔵敷は、思案げに顎に手を置いた。

「お仕事というか、用事と申しますか……出張から今朝日本へ帰ってきまして、『すずらん』で夕食をとるつもりだったんですが」

「蔵敷さんも？」

「ということは、山嶺さんも」

「はい。これから向かう予定なんです」

「そうですか！　奇遇ですね。せっかくですから、ご一緒しませんか？　用事を済ませますので。――少々お待ちいただければ」

蔵敷がチラリと結の鞄を見た。

『視線を感じる。視線を感じる。いや感じない感じない感じていない。おじさんは危険生物からの視線なんか感じていない』

「あの……差し支えなければ、蔵敷さんの用事って」

「それが、『頼まれたことは遂行した。だから手伝え』と、ある取締局員に言われまして。手配中のイフリートを捕まえたいとのことでした。食事前の準備運動がてら、狩っていいのかと思ったらそれはいけないそうでして……めんど……どうしたものかと」

『いま、面倒くさいって言おうとしてた！　絶対言おうとしてた！』

「わたし、気配には敏感なほうでして、狩るのは得意なんですが……。歯もまだ治療中でして、擬態の調子もよくないので、取締局員に協力するのはやぶさかでないとして、二分ぐらいでさくっといきたかったんですが……」

どうやら、蔵敷が取締局側なのは間違いなさそうだ。

「二分、ですか」

「ええ、二分ですね」

首肯《しゅこう》した蔵敷の濃い青い瞳が、結の鞄からほんの一部、金色の色彩が見えているランプをとらえた。

『やっぱりこっち見てるっ！』

ランプが完全に鞄の奥へと沈んだ。

「さて……そちらが取締局員の言っていたイフリートでよろしいでしょうか？」

モノレール駅の片隅にて。結の鞄の底に深く沈んでいたランプは、蔵敷の手の中にあった。持ち手を一番上に、水平ではなく垂直につり下げるような形で持っている。

「山嶺さんを脅迫《きょうはく》したと、そういうことですか」

『脅迫などではない！　お嬢さんの善意である！　差し出された善意を受け取らない悪性のイフリートが存在しようか？　いや、いない！』

「――山嶺さん」

「は、はい」

「やはりさくっと狩らせて下さるのが一番良いと思うのですが――。わたしとしては軽い運動にもなるので、さくっと、どうでしょうか。さくっと」

「さ、さくっとは、ちょっと」

「駄目ですか……残念です……」

蔵敷ががっかりした様子で項垂れた。

『恨みがましくこっち見てる見てる！　眼窩が、底なしの暗い眼窩が、深淵が、わたしを覗きこんでいる！』

擬態しているのに、イフリートには蔵敷の本性が見えているようだった。蔵敷がランプから視線を外し、結のほうに振り向く。

「事情はわかりました。ご安心ください。わたしは山嶺さんに味方します。『すずらん』に行きましょう」

「で、でででも、蔵敷さんは、取締局員さん側ですよね？　ご迷惑が」

焦ってしまったのは結のほうで、蔵敷は平気そうに言葉を紡《つむ》いだ。

「と申しましても、正規の局員ではないですし、何より、こともそう深刻ではなさそうですしね。取締局員も、本気なのはわたしを呼び出した一人だけでしょう。問題ありませんよ。それに、山嶺さんのほうが不利ですし、不利なほうに味方をしたほうが面白いじゃないですか」

「助かります、けど、そ、そんなものですか？」

「ええ。わたしの種の特徴でしょうか。不利であればあるほど、狩り甲斐《がい》がある心理……日本では判官贔屓《はんがんびいき》と言うんでしたか？　それです」

『違う。違うぞ。たぶんまったく違うぞ……！』

「ただ、わたしも道行きの途中まではご一緒できるのですが、『すずらん』に入る直前は、山嶺さんとイフリートさんが取締局員と対決することになると思います。――イフリートさんのこの様子ですと、目的が『すずらん』だとは向こうも承知でしょうしね。建前上は、イフリートさんは手配犯ですし、必ず取締局員が仕掛けてきます」

「た、対決……？」

蔵敷が申し訳なさそうに愁眉《しゅうび》を寄せた。

「協力してさしあげたいのですが、わたしが取締局員と直接戦うと、さすがに角《かど》が立つことになりますし、種族的な問題も少々……」

「わ、私と局員さんが対決するとして、勝てる見込みは……？」

「ないですね」

簡潔な返答だった。しかし、蔵敷の話は終わっていなかった。

「ご安心ください。戦って勝つ必要はありませんよ。いえ、勝つ必要はありますが、山嶺さんは『すずらん』へ入ることだけを考えてください。それで山嶺さんの勝ちになります。そのためには――」


蔵敷とは、駅側から『すずらん』がある通りに入る直前で別れた。道中、蔵敷は携帯で誰かと話していた。取締局とのやり取りがあったようで、イフリートへの手配は解除にはならず、追っ手の局員と結が対峙《たいじ》するのは避けられないようだった。

ランプを両手で抱えるようにして持ち、通りを歩く。まだ駅側だからだろうか。いつもの光景だ。人間にしか見えない通行人が歩いている。このまま何事もなく『すずらん』へ入れるのではないかという気さえしてきた。

しかし、『すずらん』の手前に佇《たたず》むその一体の姿が見えた時点で、足を止める。あれが本性なのだろう。目撃されるリスクよりも、イフリートを捕まえることを優先したということだ。普通の通行人も異変に気づきだした。

「ちょっとほら、あそこ……。犬がいる。迷子かな……」

「そんな可愛い感じじゃないよ……。なんか……大きすぎない？」

また、別の種類の野次馬らしき者たちの声も、聞こえだした。

『今年もこんな季節？　イフリートとイフリータ夫婦の追いかけっこ。でもイフリータがいないじゃない？　イフリートだけ』

『イフリータは去年勝利の空中スピンしているところを人間に見られたじゃない？　それで指導が入ったのよ。入国はできるけど、力は使っちゃ駄目なんじゃなかった？』

『ああ。それで、取締局員を担《かつ》ぎ出したってわけ』

会話のおかげで、知らなかった事情もわかってきた。結は慎重に歩を進めた。まだ仕掛けてくる様子はない。距離が近づく。

『――いよいよだな、お嬢さん』

沈黙を守っていたイフリートがはじめて口を開いた。

『男には、戦わなければならないときがある。それがいまだ……！』

「私、女ですよ？」

『……女にも、戦わなければならないときがある！　すべてはトンカツのために！』

『馬鹿なことを言っている暇《ひま》があるのか？』

イフリートと結のやり取りに、呆《あき》れたような声音が割って入った。

『出たな戦闘狂の取締局員！』

ゆったりとした動作で、灰褐色《はいかっしょく》のオオカミが歩み寄ってくる。どこからか悲鳴があがった。一般的な大型犬よりも二回り以上大きい。

『悪いことは言わん。降伏を勧告する』

完全に侮《あなど》られている。オオカミは余裕の態度だ。結たちを捕まえられると疑いもしていないのだろう。現に、力でも、速度でも、結では太刀《たち》打ちできない。戦力らしい戦力はイフリートだ。しかしこの鬼神は、自称によると強いらしいが、異国の地である日本では力が弱まるという。

『返答は』

「降伏はしません」

オオカミが嘆息《たんそく》した。人間めいた仕草だ。

『勝てると思っているのか？』

「――思っていません」

『では、負けを認めるのか？』

「いえ、戦わないんです」

『戦わない？　そんなことを俺が許すと――』

「イフリートさん！」

打ち合わせの通りに、号令をかける。結はオオカミではなく、頭上の空へと向かって人差し指をまっすぐに伸ばした。オオカミが歯を剝き出しに、前傾姿勢をとる。またどこからか悲鳴があがった。

「お願いします！」

『くらえ、犬っころ！』

イフリートは、力が弱まっているだけで、超常的な種族の力が使えないわけではない。そして、これなら可能ということで採用された。

「なっなんだあっ？」

『おやおや面白い』

通りすがりの、人間とそうではないもの。異なる種族から同時に声があがる。

――空から、地上へ、豚肉の切り身が降り注いだ。

降り注ぐ切り身を見、結は蔵敷の助言を思い起こしていた。

『そのためには――敵である取締局員を知る必要があります。彼はオオカミ男です。

生粋《きっすい》の戦闘種で、戦いにおいても非情に冷静です。能力は非常に高いと言えるでしょう。しかし、彼の場合、特性がありまして……』

件の予言も正しかった。

結の今週のラッキーグッズは、間違いなく豚肉だ。豚肉が勝利の鍵《かぎ》だった。

「なんだこの豚肉……！　豚肉が、降ってる……！」

「映画の撮影じゃないの？」

立ち止まり空を見上げている通行人に混じって、

「キュンキュン！」

オオカミが目を輝かせ、歓喜の鳴き声をあげている。

豚肉の切り身が次々と地面に落下する。オオカミの姿はしかし地上にはなかった。

ハイジャンプをして豚肉を目にも留まらぬ早さで口に加え、むさぼり食っている。

もはや、結やイフリートのことなど眼中にない。野生に返ってしまっていた。

そうっと、一歩踏み出してみる。

「キュンキュン！」

鳴き声に、オオカミを窺うも、切り身の雨に夢中だった。

「イフリートさん。あの幻の切り身、どれくらい降らせられますか」

砂漠に迷い込んだものにオアシスの幻を見せるという悪魔のような幻術《げんじゅつ》をイフリートはよく使うらしい。願いを叶えたと見せかけて、幻で相手を騙す、などということも悪性のジンの間では常識だと豪語《ごうご》していた。その変化球だった。結にも豚肉の切り身は見えているが、身体に当たるようなことはなく、オオカミも食べているのは、しいていえば空気だ。

『あと五秒かな』

結は愕然《がくぜん》とした。ランプを思わず揺さぶる。慎重になどと構えている場合ではない。抗議しながら駆け出す。

「……蔵敷さんには五分ぐらいって言ってたじゃないですか！」

『見栄だ！』

五秒が過ぎた。

「あれっ？　豚肉消えた？」

「え？　お前、見たよな？　いまのいままで降ってたよな？」

まだ結は『すずらん』の扉に触れてもいない。幻は消えている。

『――貴様ら』

正気に戻ったオオカミが憤怒《ふんぬ》の表情で疾走《しっそう》してくる。結はようやくドアノブを掴むことができた。回す。『会員専用時間帯』のサインプレートが揺れ、扉が開いた。オオカミが跳躍した。結を抑えつけるつもりだ。

もしかしたら、ギリギリで捕まってしまうかもしれない。

力任せにランプを店の中目がけて投げた。自分も店内へ飛び込むも、衝撃と共にオオカミの息を首もとに感じた。

「いらっしゃいませ、お客様。三名様でよろしいですか」

床に倒れた結の前に、しっかりと磨《みが》かれた黒い革靴《かわぐつ》があった。見上げると、ランプを手にしたあの男性ウェイターが無表情に立っていた。ケセランパセランの美しい生演奏も聞こえる。ランプからは煙と共に鬼神イフリートが出現し、宙《ちゅう》でピースサインをしている。

――三名？

イフリートに、結で二名。もう一人は？

「クソ！　教えたのは蔵敷か？」

悪態が自分の上から聞こえた。

「すべては肉のせいだ。まったく忌々しい」

誰かが結に覆い被さり、床に手をついている。首を巡らす。実に不機嫌そうなオオカミ――もとい、人間の姿をした月守笙の顔がそこにあった。ぽかんとする。

「山嶺。そんな顔をしていると、ただでさえ陰気くさいのにますます不細工になるぞ」

「オオカミが月守さんで」

「俺は自分の名字が嫌いだと言ったはずだが」

「その、ついさっきまで敵同士？で」

「『すずらん』では無効だ」

ずれていた眼鏡をかけ直し、笙が立ち上がった。いまだ混乱している結に手を差し出した。

「君はいつまで床に寝ているつもりだ？」


『すずらん』という店は特殊である。店には独自のルールがある。

その一つが、争いごとの禁止だ。

客と一口に言っても、様々な種族が店を訪れる。仲が良いケースだけではない。当然、仲が悪いどころか、最悪、殺し合いをしていることもある。

だが、敵対している種族同士が同じ店内にいたら、あまつさえ、隣同士になろうものなら、普通は殺し合いが始まる場合でも、『すずらん』では別だ。

イフリート夫妻の喧嘩も、イフリートが取締局員である笙に追われていたことも、『すずらん』では一時休戦になる。しなければならないのだ。マナーとして、常識的な範囲内で喧嘩はおやめ下さい、というレベルの話ではない。よって、

「ユイさん、でしたね？　このたびは、夫が大変なご迷惑をおかけいたしました」

「今年は『すずらん』のトンカツが食べられる！　トンカツ！　トンカツ！」

「あなた。少しは落ち着きなさいな」

「お前も一度は食べてみればいいのに。さあ、堕落しよう、我が妻よ！」

「食べません。絶対に食べません」

夫がトンカツを食べるというのに、そのことに大反対の妻が、ツンとそっぽを向きながらも隣り合って同じテーブルにつき、

「だいたい、蔵敷を味方につけるのは反則だろう。おかげで『すずらん』付近に来るまでまったく手が出せなかった。返す返す忌々しい」

イフリートを捕まえようとしていた、取締局員である笙は夫妻の向かい側に座り、先に運ばれてきたオリーブオイルがたっぷりの大盛りサラダを食べている。

そして、結はその隣だ。さらに隣には、あの後笑顔で来店した蔵敷が座っている。

大鎌を背負った骸骨姿だ。ただ、マントの色が、以前店で会った際とは異なっている。

店の混雑状況から、六人掛けテーブルで一緒に食事をすることになったのだ。端っこが好きな結としては、真ん中は遠慮したかったのだが、「たしかに山嶺には腹を立てている。しかし蔵敷の隣に座るくらいなら山嶺のほうがマシだ」という笙の発言により、この席順になった。

「それだけならまだしも」

ザクっと笙がカットされた瑞々《みずみず》しいトマトにフォークを突き刺す。

「おや、わたしが山嶺さんの味方をしたことは不問にしてくださるんですか？」

「異動になった前任から当てにしすぎるなと言われていたからな。基準がいろいろとおかしいからと。裏切りは許容範囲内だろう。しかし、俺の弱点を暴露するとは！」

結は豚肉の切り身の雨を思い出す。そしてそれに喜んで食いついていたオオカミの笙を。「キュンキュン」と鳴いていた。

「いま、思い出したな？　忘れろ。いますぐ記憶から抹消《まっしょう》することを要求する。説明もしない」

「わ、忘れます！」

「よし」

よくわからないが、本性の筺は肉が好きで、それは我を忘れるほど。しかし人間時の筺はそれを非常にいやがっている、ということなのだろうか。

やや首を傾けた蔵敷が口を開いた。

「――納得いきませんね。わたしがおかしいと？　わたしの基準はいたって普通だと思いますが」

「山嶺も同意見か？」

話を振られ、結は頷いた。呆れたように眼鏡の縁を押し上げた筺が言う。

「わかった。納得できるような話を聞かせてやろう。蔵敷、友はいるか」

「友達ですか？　いますが」

「誰だ」

「メジェドさんとか。エジプトに行ったときは必ず手土産《てみやげ》持参で館に寄ります。基本、無口なんですが、フレンドリーですよ。それにあの造形も親しみやすいですし。童心を忘れず、目からの破壊閃光《せんこう》で遊んでくれたりもします」

「その遊びで生きていられるのはごく一握りだと思うがな。――ちなみに、手土産とは何だ」

「メジェドさん好みの心臓なんかですね。鎌挿《かまさ》しで」

「山嶺、一応説明しておく。メジェドとは、エジプト神話に出てくる神だ。造形が親しみやすいかは俺には疑問だ。知らないならネットで検索でもしろ。わかったか。山嶺。まともそうに見えて、蔵敷はおかしいんだ。心に刻め」

「メジェ、ド……心臓……」

呟いた結に、気を利かせたらしい蔵敷が提案してきた。

「よければ山嶺さんに紹介しましょうか。なぜ思いつかなかったんでしょうか。メジェドさんは不可視の存在です。つまり不可視を見通しますから、山嶺さんの種もメジェドさんに訊けば良かったんですね。善は急げです。国際電話をかけてみましょう！」

マントのポケットから、蔵敷が折り畳み式携帯を取り出した。骨の指でガラケーのプッシュボタンを押そうとしている。筮が血相を変え、声を荒げた。

「止めろ。絶対に絶対に止めろ！」

「そう頭ごなしに言われても困ると申しますか……。これは……種族的なものでしょうか。こう、反骨心が」

「山嶺も止めろ！」

「そ、そうです。メジェドさんを煩《わずら》わせなくても！　私なんかのために滅相《めっそう》もない！」

「そんな、卑下《ひげ》なさらないでください。メジェドさんもきっと山嶺さんを気に入るはずです」

「イ、イフリートさんもそう思いますよね！　滅相もないって！」

「よりにもよってなぜそこでわたしに話を振るんだいっ？」

「………………」

ガラケーを持ったまま、フードで隠れた蔵敷の頭蓋骨の向きが、イフリートへと定まった。

「危険生物が敵意を秘めてこっち見てる！」

イフリートが妻の背に隠れた。しかし大きな図体はもちろん丸見えだ。イフリータが顔を隠した布越しに頰《ほお》に手をあて嘆息する。

「あなた。情けない。失礼ですよ。――それに死を司るお方、ユイさんが固辞なさっているのですから、厚意とはいえど、押しつけはいけませんわ」

「……一理ありますね」

蔵敷がガラケーを折り畳んだ。ポケットに仕舞う。笙があからさまに安堵した。ストレスをぶつけるかのようにぐさっとサラダにフォークを突き立てている。

「お待たせいたしました」

タイミングよく、ウェイターがやってきた。料理の名前を口にしながら、注文した各自の前に並べる。リーラがふわふわと飛びながらそのサポートをしている。先にウエイターがテーブルを後にし、残ったリーラが伝票を見ながら注文の最終確認をした。イフリートは当然、トンカツ。イフリータは特別メニュー。彼女の食の禁忌《きんき》に抵触しないよう注意して作られたアレンジメニューだそうだ。分厚いメニュー表には載っていないが、『すずらん』のシェフが今夜だけの特別料理として作った。何やらイフリートがシェフに頼み込んでいたのを結は目撃していた。その成果だろう。既存のメニューを指さし、あれこれ言い募っていた。

笙は先ほどのサラダを黙々と食べていた。蔵敷は言うまでもなくカレーライス。ただし、醤油も頼んでいる。いまも喜々として醤油をルーにかけている。

結はというと、トンカツにした。やや、洗脳されてしまったきらいがあるかもしれない。あれだけトンカツトンカツ言われていたせいか、食べたくなってしまったのだ。トンカツは、ナイフとフォークで自分で切り分ける方式だ。付け合わせにキャベツの千切り。

「肉……」

不穏に満ちた呟きの主は笙だった。

「避けているばかりでは克服できないと思いますが」

何か知っている様子の蔵敷がそう述べる。

「取締局員としては、イフリートから目を離すわけにはいかない。我慢しよう」

苦虫《にがむし》を嚙みつぶしたような顔だ。笙にとっては苦渋《くじゅう》の決断のようだった。

「それでは、お客様方、ごゆっくりどうぞ！」

エプロンドレスを軽くつまみ、リーラが軽く会釈《えしゃく》して去ってゆく。

イフリートは、さっそくトンカツを口に運んでいる。イフリータは何事かの文句を唱え、結たちは「いただきます」で食事が始まった。

パン粉で包まれたトンカツはサクッと揚げられている。低温で揚げ、熱を通したからこそできる黄金色だ。

まずはトンカツにナイフを入れる。途端、肉汁《にくじる》が溢れ出た。切ったトンカツの断面はほんのりとピンク色だ。脂身《あぶらみ》が少ない。上品な感じすらある。

メニューでの記述はないが、『すずらん』で使用しているのはヒレカツなのかもしれない。トンカツにはロースカツとヒレカツがある。結の実家のトンカツ定食は、ロースカツだった。

そのまま、ソース等は何もかけずに、口の中へ。

衣のサクサク感と、豚肉の柔らかさが、揚げ加減の絶妙さを物語っている。

そして、豚肉と、その肉汁が、ほのかに甘い。

ヒレカツはロースカツに比べて柔らかく、甘いものだけれども、それ以上だ。

結の口元が綻《ほころ》んだ。実家の定食屋と似た味だったからだ。たぶん、豚肉の下ごしらえとして、同じものを使っているのだと思う。

使うと、優しい味になるのだ。ソースで演出されているのとは違った、さらなる絶妙な甘みが肉自体に生まれる。

「砂糖じゃないんだよなあ……くうっ！　これでは地元で『すずらん』の味を再現できないではないか……！」

トンカツに舌鼓を打ちながらも、イフリートが器用に頭を抱えている。

「あなた、シェフに作り方をお訊きしたのではないの？」

どういうことだろう？

「ここのシェフは客の要望に応えた料理を作ってくれる。ただし、どんな常連が相手でも滅多に作り方は教えない」

筐の言葉に結は頷いた。

「まあ……普通は、そうかもしれないです」

たとえば、結の実家の定食屋の目玉メニューの一つは、ロールキャベツだ。地元のテレビ局や雑誌に取材を受けたこともあるので、味のほうも認知されている、と思う。

結も、これは昔からの好物だった。たっぷりとチーズを使い、一般で言うロールキャベツにはあまり使わないだろう材料を加える。母が祖母から教わった家庭の味を、商品にまで昇華した品だ。これの作り方は、一応秘密だ。

そういえば祖母の時代、洋食のロールキャベツはさほど一般的ではなかっただろうに、それを教わるというのは、少し変わっているかもしれない。もしかしたら、曾祖母が外国人だったことも関係しているのだろうか。

「この『すずらん』のトンカツの秘密はわたし自身で解明してみせる！……肉かな？使っている肉の問題かな？高級豚肉なのかな？」

トンカツを味わいつつ、イフリートが首をひねる。

「肉という言葉を連発しないでくれないか。響きも実に不愉快《ふゆかい》だ」

笙が水を差している。イフリートはもちろん聞いていない。

「他のトンカツにはない、この肉の甘み！何なんだこの甘みの正体は！美味い！しかし美味いと感じるばかりでそれ以上はわからん！」

配膳《はいぜん》に飛び回っていたリーラが、誇らしげな顔で何度か頷いた。こちらの会話が聞こえていたらしい。

「あの……もしかしたら」

　結はおずおずと呼びかけたが、声が小さかったこともあって、イフリートはやはりこれも聞いていない。

「イフリートさん」

　これは蔵敷だ。反応は劇的だった。

「危険生物に呼ばれてしまった！　トンカツを食しつつ思案する喜びに包まれるという天国から地獄へ堕《お》とされたかのような感覚だ！」

　蔵敷に呼ばれたイフリートが顔面蒼白《そうはく》になり頭をぶんぶんと振った。

「山嶺さんが話があるようです」

「んん？　お嬢さんが？」

　蔵敷に感謝の会釈をして、結は口を開いた。

「はい。その……このトンカツの甘みなんですけど」

　パタパタとさりげなくリーラが近くに飛んできた。

「日本酒じゃないでしょうか？　日本酒を使うとお肉が柔らかくなって、自然な甘みが出るんです」

「えっ。なんでわか……！」

宙で叫んだリーラがあわあわと両手で口を押えた。ふるふると首を振る。

「あ、あたしは何も言っていません！　……シェフ、先輩ごめんなさーい！」

ウェイターのもとへ飛んで行ってしまった。

「日本酒……そうか！　日本酒か！」

満面の笑みでイフリートが顔を輝かせている。結が不安になるほどだ。

「たしか、山嶺さんのご実家は定食屋だとか。それが根拠で？」

覚えていてくれたらしい蔵敷が言う。

「実家のトンカツ定食のトンカツと甘みと似ているので……たぶん。実家で肉の下ごしらえに日本酒を使っていて、いえ、百パーセントだとは言い切れないんですけど」

「差し出がましいようですが、山嶺さんはもっと自信を持っていいと思いますよ」

「その通り！　はじめて危険生物と意見が合ってしまった！　あのウェイトレスが、日本酒で正解だと口にしたようなものだ！　これで今度こそ自力で真のすずらん風トンカツを作れる……！　この喜び……！」

イフリートが宙に浮かんだ。

「わたしは許しませんけどね」

「カミさんの目をかいくぐって悪性仲間と作るぞー！」

ご機嫌な様子でトンカツについてイフリートが語り、食べる。嬉しそうに妻に話しかけている。イフリータもそれに付き合っている。その様子を見ていると、好物を食べたいというのもあるけれども、それだけではなかったのだろうと思えてくる。

好物を奥さんと一緒に食べたい、だ。それは、敵対する種族であっても、同じテーブルを囲める『すずらん』だからこそ可能になる。だから、奥さんが阻止してくるように仕向けて、いつも日本にやってきているのではないだろうか。

「それにしても『すずらん』のトンカツは絶品だ。次はイフリータの目をかいくぐって来日するぞ！」

しかし、はやくも次回のことを考えているイフリートを見て、たぶん自分の勘違いだと結は思い直した。

「次は負けませんからね。それに、あなた、何か忘れていません？　悪性だからって、感謝の気持ちを忘れるような夫ではないでしょうね？」

火花を散らした夫婦だったが、妻に言われ、イフリートが「あ」と声をあげた。

「そうだった、そうだった。うむ。お嬢さん」

「はい？」

「お嬢さんってとってても損な生き方をしているね。日本酒のことだってわたしに教えないで取引材料にすればよかったのに」

「それは、さすがにどうかと……」

「そうかな？　そんなものだと思うよ？　でも、あれだね。親切にされたら、お礼をしたいという気持ちが湧き上がってくるものだ。さすがのわたしでもね。そういうわけで、お礼だ。お嬢さんは、自分の種を知りたがっていたろう？　わたしはそういうのがよく見える性質だ。料理についてはさっぱりなんだが。お嬢さんはね」

あっさりと答えが放られた。

「生きている吸血鬼だよ」

ガチャンと、結はフォークを取り落とした。

第三メニュー

ユニコーンとアロス・ネグロ

平日の夕方。『すずらん』での楽しい時間に、余計な考え事をしないように、結は心がけている。だから、頭を真っ白にして席に座っていた。今日頼んだのは、シェフのおすすめメニューになっていたほうれん草のトルティージャだ。

料理が届くのを待っている間、男子高校生の二人組が隣の席に案内されてきた。驚きで目を見開く。偶然にも、ユニコーンの少年だった。もう一人も、以前見掛けた人間の少年だ。今日は少女は不在のようだった。

結としてはこの間のお礼を言いたいのだが、うまくタイミングが摑めなかった。

そうこうするうちに、結の注文したトルティージャが届いた。隣では、少年二人組の、小声とは言いがたい音量での会話が始まった。

ユニコーンの少年は何も注文せず、しきりにメニュー表をめくっている。人間の少年もそれに付き合っているようだ。

「明日だっけ。そんなに重要な集まりなの？」

人間の少年が問いかける。

「日本にいる仲……親戚《しんせき》たちが全員来る。親族の親睦会《しんぼくかい》みたいなもの。そこでのおもてなしの料理を決めたいんだ。僕は料理に詳しくないから、協力してよ」

「ユニさー、詳しくないってレベルだっけ？　見た目のわりに、食い物ワイルドなんだもんなー。弁当に肉切って焼いて塩こしょうしただけのもってきたときはどうしようかと思ったもん俺。肉！　て感じでさ」

ユニコーンの少年はユニ、と呼ばれているようだ。

「……高橋君、あのお弁当食べたくせにそういうこと言う？　とにかく、高橋君。食べるの好きだよね。ゲームの無課金《むかきん》フレンドのよしみでちゃんと手伝ってよ」

人間の少年は、高橋君と言うらしい。

「残念だったな！　俺の脂肪《しぼう》肉《にく》を形作っているのは、ほぼ炭水化物だ！　ジャンクフードだ！」

「……とりあえず僕が考えてるのは、海の幸。親戚の好き嫌いを踏まえると、タコとかイカがいいんだ。色も黒いといいかな」

「スルー？　いいけどさー。日本らしく刺身は？　寿司とか？」

「ここで注文できるやつで」

「集まりって『すずらん』でやるんだっけ。じゃあ洋食かー。俺ハンバーガーなら自信あるんだけどなあ……。ユニのねーちゃんに訊くのは？」

「高橋君。それ論外。肉弁当の制作者は僕のお姉ちゃんだから」

「じゃ、そこの隣のお姉さん」

突然、矛先《ほこさき》が結に向けられた。

「お姉さんとユニって知り合いでしょ？　この間怪しいおばさんに勧誘されそうになってたのをユニが阻止しようとしてたし。その前も一瞬アイコンタクトしてたし。どうせお姉さん俺たちの話聞いてただろうし」

ユニが嘆息して頭を掻《か》いた。

「あー……そうか。高橋君って、ちょっと珍しいタイプの人間だったっけ？　人間でも感覚が鋭い感じの……」

「洞察力《どうさつりょく》に優れてるって言うんだって。あ、お兄さーん。こんにちはー」

「ちょっと高橋君、今度は誰呼んで……」

高橋君が『すずらん』の出入り口に向かって手を振っている。入店したその客を見て、ユニが絶句した。それをよそに、高橋君は手を振り続けている。客はまっすぐにこちらにやって来た。高橋君が慣れた様子で話しかけている。

「お兄さんも座りません？」

「助かります。ちょうど満席だったようでして。しかし――」

客――蔵敷が結とユニに視線を投げ、呟いた。

「奇妙な面子《めんつ》ですね」

ユニが叫ぶ。

「あのときのリア充！」

「えっ？　お兄さんにリア充って突っかかったの？　何で？　腹！　腹が痛い！」

高橋君が大爆笑している。四人掛けのテーブル席に、ユニにお礼を言ってから、まず結が移動した。さらにそこへ蔵敷も加わっていた。

「おかしいのは高橋君だって。どうしてこれと知り合いになるんだよ……」

「これって……お兄さんのこと？　しっつれいだなー、ユニ。親父が『すずらん』の常連だから、俺もよく一緒に店までついてくるだろ。すると同じく常連のお兄さんとは何回も会うわけ。それで親父が話すようになって……そんな具合。ねえお兄さん」

「そんな感じです」

とくに異を唱えることもなく、蔵敷が頷いた。

「それにお兄さんってリア充じゃないって。仕事人間だよ。逆逆」

「リア充……。リア充とは、リアルが充実しているという意味でしたか？　充実……充実……？」

蔵敷が暗い顔で考え込んでしまった。

「ほら。お兄さんが陰背負って落ち込んじゃったじゃん」

「いや、高橋君。それどう考えても高橋君のせいだから」

「そっかなー」

「あの……ユニ君？」

会話が途切れたので、その間を見計らって結は口を開いた。実はずっと『すずらん』のメニュー表をめくっていた。いまはあるページを開いている。

「ん？　お姉さん、もしかしてもうユニの言う海の幸メニューを発見？　何だっけ？魚っぽくて……黒い？」

「タコとかイカ」

「ごめんごめんユニ。で、お姉さんが選んだのは——パエリヤ？」

テーブルに広げられたメニュー表を見、高橋君が首を傾げる。

「スペインの料理で、コメとサフランを使ってる、炊《た》き込みご飯の一種だよ。スペインって八世紀から十五世紀まで、八百年ぐらいイスラム教徒に占領されていたの。それで料理も結構イスラムの影響を受けていて、洋食なんだけど、アラブ料理でもある……かな。お米と魚を煮込んで神様に捧げて、豊漁と豊作を祈願していたのがパエリヤの元祖だと思う」

「て言われてもなあ……俺、頭悪いからぜんっぜんわかんない。お祭り食？　ならいいんじゃないの、ユニ」

「ライスが黄色いんだけど……サフランを使うと、そういう色になるんだよね」

「サフラン……。世界一高価なスパイス、でしたか。ちょっと前――ではなく、昔はアラビア医学で薬草の扱いでしたね。仕事で滞在していたとき、よく高価なもののたとえで『サフランより高い』という言い回しを耳にしました」

いつの間にか復活していたらしい蔵敷が口を挟《はさ》む。

「ふーん、ライスが黄色いんだ。それはいいけど、タコは？　イカは？」

「パエリヤって、いろいろ種類があるんだけど、たいてい魚介類も入るんだよ。それでね……これ」

ユニに問われた結は、メニュー表のある料理名を指さした。パエリヤばかりが並んでいるページだ。ユニが読み上げる
「『アロス・ネグロ』？」

「うん。日本語で訳すと『黒いごはん』。アロスが米で、ネグロが黒。スペインはスペインでも、カタルーニャ地方とマヨルカ島の料理。イカ墨《すみ》を使ったパエリヤの一種

なんだけど、イカは確実に使うし、マヨルカ島風だと、イカの他にエビやイカ、貝類にパプリカとか。『すずらん』のアロス・ネグロはマヨルカ風」

「それ……黒いの？」

「イカ墨を使うから、見た目は真っ黒だけど」
二、三日前、平日の店内である客が食べているのを結は目撃している。それで真っ先に思い浮かんだ。食べていたのは、結がよく見掛ける老人の常連客だ。きっと、人間の。会うのは土曜日以外だ。
決して話したりはしないのだが、あちらも結の顔を覚えてしまったようで、視線が合うと会釈し合うようになった。その常連客が食べていたのがアロス・ネグロだったので、黒いごはんは結の記憶に残っていた。老人は、威厳のある風体なのに、食事の際は顔つきが変わる。アロス・ネグロはおかわりまでしていた。健啖家《けんたんか》なのだ。見ていて気持ちよくなる食べ方というのはあの老人のことなのだろうと思う。

つられてその日、結もアロス・ネグロを注文してしまったほどだ。それでマヨルカ風だと知っている。だが、おかげでユニにも自信をもってすすめることができる。

「うん……いいね！　それにするよ。みんな喜ぶと思うな」

ユニが満面の笑みを浮かべた。そこへ蔵敷が問いかける。

「みんな……と申しますと、どなたかと会食を？」

「お兄さん、明日、ユニは『すずらん』で親戚と親睦会なんだって」

「親戚……ですか。そこで、アロス・ネグロを？」

顎に手をおいた蔵敷が首をひねり、不思議そうにユニを見やった。

「僕がアロス・ネグロを注文すると、何か問題でも？　困る？」

「いえ、わたしのほうでは何も。困りませんね」

何か疑問があるような素振りだったが、笑顔のユニに蔵敷は完全にそれを消してしまった。笑い返している。ガラケーが鳴り、

「少し失礼します」

と、蔵敷が席を立った。

「それにしても、高橋君があのし……人と親しいなんて、想像してなかったよ」

笑顔を引っ込め、その背を見送ったユニが呟く。

「えー……。親しいのかなあ」

「違うの？」

とても打ち解けているように見えた。尋ねた結に、高橋君は首を捻《ひね》った。

「だってさお姉さん。何回も顔合わせて、親父と相席だってするし、話もするけどさ」

「けど？」

ユニが促した。

「あの人、素性《すじょう》が謎だもん。名前も知らないし。好きなように呼んでくださいって。それってどうなの」

「高橋君。それでどうしてあんなに心を開いているのか僕には理解不能」

「だってあの人よく奢《おご》ってくれるんだよ。いい人！」

翌日。結は大学で吸血鬼についての本を読んでいた。

『お嬢さんはね、生きている吸血鬼だよ』

帰国したイフリートが残していった置き土産。努めて考えないようにしている『すずらん』にいるときは別として、このことが結の脳裏の片隅にある。

——吸血鬼。

ネットや本で調べてみたところによると、吸血鬼とは墓から蘇《よみがえ》り、生者の血を吸って生命力を奪う死者である。美しい容姿を持ち、外見的にはほとんど人間と変わりがない。弱点はニンニク。山査子《さんざし》の杭《くい》で心臓を貫いたり、首を切り落としたり、焼いて灰にしたりすることによって退治される。太陽の光を浴びても死ぬことはない。変身能力を持っている。ときに人間を吸血鬼にし、下僕《げぼく》として操る。

こんなところだろうか。もう何度も何度もここばかり読み返して覚えてしまった。一部の記述は本によっては異なっていたりもする。たとえばニンニクや太陽の光。ニンニクは平気だとする本もあれば、日光に弱いと書いてある本もあった。

いずれにせよ。

「まったくあてはまらない……」

昼休み。カフェテリア――二人席を一人で利用している学生の姿も多いので、結も比較的居やすい――の隅で、本を広げ、結は頭を抱えていた。

吸血鬼の記述がある本を新たに見繕《みつくろ》って読んでいたのだが、読めば読むほど、自分が吸血鬼などとは信じられない。

血など別に吸いたくないし、美しい容姿も持ち合わせているとは思えないし、生まれてこの方変身などしたことはない。誰かを吸血鬼にするなど無理だ。不可能だ。

そもそも、結は生きているのだ。脈に手をあてればドクドクと波打っている。体温もある。対して、大原則として、吸血鬼は死者だ。だから、生きている吸血鬼、などという表現をイフリートも使ったのだろう。

どちらかというと、人間と吸血鬼の混血、ダンピールなのではないか。

吸血鬼は人との間に子どもを作ることもある。そうして生まれた子どもはダンピールと呼ばれる。そしてダンピールとは吸血鬼を殺す能力を持ち、死ぬと自らも吸血鬼になる、らしい。

「この路線でいくと……やっぱり、怪しいのは曾おばあちゃん……？」

スマホを見つめる。画面に表示されているのは、曾祖父と曾祖母の写真画像だ。家族から探る……しかし、これ以上、両親からは何かを引き出せそうになかった。自分が吸血鬼らしいと判明してから、結は実家に電話をしてみたのだ。

――あのね、お母さん。吸血鬼って、どう思う？

うまくオブラートに包むなんて器用な真似はできなかった。だって吸血鬼だ。オブラートに包んでどう訊けというのだ。とても痛々しい質問だったと自分でも思う。結の母は基本的に楽天家だ。そんな母が、深刻な声音で話しかけてきた。

――結。大学生活、うまくいってないの？　休学したっていいのよ？

しかし、結は粘ったのだ。

――お母さん、吸血鬼と会ったこととか……。

結果は、ますます心配されてしまっただけだった。冗談《じょうだん》ということにして何とか乗り切ったが、とても辛かった。もう吸血鬼の話題は出せそうもない。

「山嶺じゃないか。今日もまた陰気くさいな」

声が掛けられる。結がうんともすんとも言わないうちに、その人物は、使われていなかったほうの席に腰かけた。その手には食塩不使用、野菜汁百パーセントの紙パックジュースがあり、ストローを口に加えている。

「……吸——正体が正体だからじゃないでしょうかね」

月守笙は、「ああ」とあっさり頷いた。

「それもそうだな」

沈黙が落ちる。結は気まずく感じたが、笙は何も感じていない様子だった。自然体だ。『すずらん』が縁で、結は、オオカミ男であり、入管取締局でバイトをしている笙と知り合いになった。同じ大学に通っていたこともあって、偶然会えば、挨拶したり、話したりすることもある。知り合いができたのは喜ばしいことだ。

しかし、問題もある。笙と話していると、女子学生からの視線が痛いのだ。笙が去った後、笙狙《ねら》いの女子学生に話しかけられることすらある。彼女たちの目的は笙に関する情報収集だった。けれども、そんな有様でも、咲良たち専攻クラスの女子学生たちとの関係よりは、まだいいのかもしれない。

『古ぼけたランプを持って女子トイレの個室に閉じこもっていた結』は、異質な人間として遠巻きにされるようになっていた。近くを通っただけで、彼女たちの会話がぴたりと止む。咲良にも、どんな目で見られているのか、知るのが怖くて、視線が行くのを避けている。

どう思われているのか、気にしてしまう。笙のように堂々とは、とてもできない。

「あの……お仲間さんとは一緒にいないいんですか？」

「いない」

非常に簡潔な言葉だった。けれども、仲間がいないのか、仲間はいるが一緒にいないのか、どちらなのかわからない。笙が眉間《みけん》に皺《しわ》を寄せたので、さらなる疑問は結の喉の奥に呑み込まれた。

「――この大学にも、学生や教員の中に当然こっち側はいる」

こっち側……自覚はないが、結たちのことだ。

「はい。……その、その中に、私と同じ――」

周囲を窺ってしまう。埋まっている席はまばらで、笙がいても注目は少ないほうだ。しかしさすがに、白昼堂々、吸血鬼という単語を口にする勇気はない。もっとも、結が言わなくても笙には伝わったようだ。

「いない。君だけだな。あれは外来だ。日本に地盤がない。手っ取り早く仲間に会いたいなら国外に行くべきだ。——話を戻すぞ。こっち側はいるが、たいていは同種でかたまっている。基本、閉鎖的だ」

結は瞬きした。

「『すずらん』を標準と思うな。とくに仲違《なかたが》いなどしていなくとも、他種間で好きこのんで接近し、和気藹々《わきあいあい》なんてことは滅多にない」

「でも……その、いま、話していますよね？」

結は吸血鬼で、笙はオオカミ男だ。他種族同士だ。

「俺は気にしない。交流ぐらい構わん。君は背後にややこしい付属関係を背負っていないようだしな。——待てよ、蔵敷がいたか……大いなる問題だな」

そこから再び沈黙が復活した。笙は野菜ジュースを難しい顔つきで飲んでいる。

「月守君！」

そこへ、四人の女子学生が笙に向かっていっせいに駆け寄ってきた。その中でも、明るい雰囲気の小柄《こがら》な女子学生が口を開いた。

「こんなところにいたんだ。探したよ。先週、わたし、課題のことで月守くんに迷惑をかけたでしょ？　それで月守君の従兄弟《いとこ》に、月守君は肉料理が好きだって聞いて。

今度、どこかのお店に行かない？　せめてものお詫びに」

筆が嘆息した。

「――まず、それは血縁上では俺の従兄弟かもしれないが、俺はそいつを従兄弟としては断じて認めていない。二つ、その誘いは断る。三つ、君は月守と計四回口にした。今後は控えてくれ」

「ひ、ひどいよ月守くん」

「そ、そうだよ！」

他の女子学生からも口々に非難の声があがる。すると、筆はさきほどより深いため息をついた。

「女はどうして群れたがるんだ？　理解に苦しむ。何がひどいのかもわからん。――山嶺はどう思う？」

「えっ」

蛙がつぶれたかのような声を結は出した。存在を消し、せっかく空気のように息を潜めていたのにここで引きずり出されてしまうのか。

先日、蔵敷がメジェドさんに電話をかけないように阻止するため、結はイフリートに話を振った。あのときのイフリートの気持ちが、いまよく結にもわかった。そしてなぜ、笙よりも結が四人もの女子学生に睨まれているのだろうか。

「山嶺はたいてい一人だろう」

「私は単に、一緒に行動する友達がいないだけで……」

女子学生たちの視線の質が変化した。嘲笑《ちょうしょう》だ。

「？　別に一緒に行動はしないが、俺と山嶺は友達ではないのか？　一昨日あたりからだが」

「――はい？」

驚愕《きょうがく》の発言だった。

「あのですね、笙さんの友達の基準ってどうなっているんですか？」

「まず、俺を笙と呼ぶ」

「はあ」

それは名字で呼ぶと笙が不機嫌になるからだ。誰が相手であってもそうだ。

「種はどちらでもいい」

種、なんて表現が訝《いぶか》しまれないかと女子学生たちを見たが、気にしていないようだった。むしろ結が笙を名前呼びしたことや、笙の友達発言のほうに愕然《がくぜん》としている。

「合計五時間以上近距離で過ごしたことがある」

　一応、豚肉の雨で戦ったときや、イフリート夫妻を交えての食事、その後遭遇した際の挨拶や軽い雑談時間を足せば、たぶんそれぐらいの時間にはなる、かもしれない。いや、なったのが一昨日なのだろう。

「共に食事をしたことがある。これぐらいか」

「基準……すごく低いんですね」

「そうか？　俺からすればそれなりに高い」

　と、結のスマホが振動した。メールが届いていた。文学部事務局からのお知らせだった。メールアドレスを登録しておくと、急な休講情報などが連絡されてくる。

　一気に結の気分が浮上する。三時限目の講義が講師の都合で休みになった。火曜日は三時限目がなければ、そのあとにとっている講義はない。

　となれば――『すずらん』だ。今日は『すずらん』で昼食がゆっくり食べられる。

「あの、私、失礼しますね」

「そうか」

　見ると、笙もスマホを取り出している。

「俺も所用ができた。――ところで、まだ用か？　俺は行くが」

　振り返って、立ち尽くしていた四人の女子学生に笙が問いかける。小柄な女子学生がぱっと顔を輝かせた。

「それなら、わたしたちも一緒に……！」

「断る。では」

立ち上がった笙は女子学生たちを置いてさっさと歩き出してしまった。その様子を見て、思う。

――嫌われるのは、辛くないのだろうか。

結には、とてもできない。

それから、疑問も浮かんだ。

でも、どうして自分はこんなにも人に嫌われることを怖がってしまうのだろう？

……いつから？　昔から？　よくわからない。

かぶりを振る。仕度を済ませ、席を立つ。カフェテリアの出入口は複数あるので、笙が行ったのとは反対方向の入口を使う。しかし――。

別れたばかりなのに、合流してしまった。

顔を見合わせる。プロムナードをモノレール駅方面へ。カフェテリアを出ても、行く方向が同じだと、構造上、そうなるのだ。

「……行き先は駅か？」

笙の問いに頷く。

「……そちらも？」

結が問い返すと、笙も頷いた。

「目的地は『すずらん』か？」「もしかして、『すずらん』に？」

ややあって、発した質問が見事に被った。


基本的に、流れというものに結は逆らわない。能動的ではないのだ。

結果、笙と『すずらん』への片道を共にすることになった。最寄り駅に着いて、改札から駅ビルへの直通通路を歩いていると、笙が背後を振り返った。

「どうかしましたか？」

「いや……」

かぶりを振った笙が前を向く。その場はそれで済んだかに思えたが、今度は到着した『すずらん』の入口の前で、再度、笙は同様の行動をした。

「やっぱり、何か問題でも？」

「ずっと同じ臭《にお》いがついてきている」

結の頭に疑問符《ぎもんふ》が浮かんだ。

「臭いからすると人間だな。雌《めす》……女だ。思い過ごしかと思ったが、大学からずっと俺たちの後を尾《つ》けてきている」

大学から数駅しか離れておらず、モノレールや私鉄も通り、スーパー等も揃《そろ》っているため、このへんは学生も多く住んでいる。結もその一人だ。通常なら偶然か、自意識過剰だと判断するところだが、言っているのが笙なので信憑性《しんぴょうせい》が高かった。尾行《びこう》なんて穏やかではない。――もしかして、さっきの女子学生たちだろうか。

「ど、どうするんですか？」

「どうもしないな」

「え」

愕然とする結に、淡々と笙は告げた。

「山嶺。考えてみるがいい。たしかに尾けられているのは奇妙だが、相手は人間だ。恐るるに足らず。しいていえば感情の問題か？　いい気分ではないな」

嘆息して笙が『すずらん』の扉を開けた。入る前に、結も一度後ろを振り返ってみる。視界に映ったのは、通行人が歩いているごくありふれた光景だ。どれだけ見ていても、変化はなさそうだった。扉へ向き直り、結も『すずらん』へ入店した。

平日の、お昼に近い午後に店を訪れた回数は、結もさほど多くはない。行列こそできていないが、今日も店は混雑していた。テーブル席がすべて埋まっている。

——あ、そうか。昨日ユニ君が言っていた集まり……。

「いらっしゃいませ。本日は、店内の一部が貸し切りになっておりまして、ただいまご案内できるのはカウンター席となっておりますが……」

案内に訪れたウェイターに笙が片手をあげた。

「構わない」

「少々お待ちください。用意させていただきます」

店内の入口付近で待つことになる。結の視線は、貸し切り客たちに釘付《くぎづ》けだった。

ウェイターの言うとおり、テーブル席の大半が美男美女たちに占領されていた。その中に一人、結の記憶に印象強く残っている女性の姿があった。平日なので、客の外見は誰もが人間そのもの。しかし、あの人間離れした容貌といい、ユニの言っていた集まりと照らし合わせてみると、おそらく彼らはユニコーンたちだろう。

「貸し切りにしているの、ユニコーンさんたちだったりします……？」

「そうだ。それで取締局から、念のために監視の仕事が回ってきた」

「何かトラブルでも……？」

「ああ。ユニコーンたちの集まりだからな。あの辺一帯は全員そうだな」

笙が顎で示してみせた。異様に容姿が整っている男女は、やはりユニコーンが擬態したものだったようだ。結が覚えていた女性は、結がはじめて『すずらん』を訪れた日、弟のユニを叱っていたユニコーンだ。

ユニコーンたちの集団に、これは……人間だろうか。客が数人、近づいてゆく。何やら話しかけているようだ。ユニコーンもとくに邪険にはしていないようで、快《こころよ》く話しているようだ。

「でも、監視する必要ってあるんですか？　ユニコーン、ですよね？」

漠然《ばくぜん》と平和的なイメージが結の中にはある。とくに危険性があるとは思えない。しかし、直後に、蔵敷に襲いかかったユニのことに結は思い至った。でも、それから二回会った限りでは、そんな凶暴《きょうぼう》な印象はない。むしろ結は助けてもらった。ユニはどうしているのだろうか。貸し切り部分にいる客の顔ぶれを確認してみる。いない。

「君は無知だな。ユニコーンは生粋の戦闘種だ。自ら害を与えたり、襲ったりすることはないが、それはあくまでも滅多に自分から仕掛けないというだけであって、手を出されたら決して許さず徹底的にやり返す報復の徒だぞ。また身内同士でも争うこともある。ユニコーン集まるところに騒ぎあり。常識だ」

「お客様方、こちらへどうぞ」

ウェイターが戻ってきた。カウンター席へ案内される。カウンター席で談笑する先客の姿を目にした筐が遠くを見て呟いた。

「蔵敷だと……？　嫌な予感がする。帰りたい」

結も目を見開いていた。スーツ姿の蔵敷がいた。それだけではなく、ユニもだ。彫刻師が丹精《たんせい》込めて彫り上げたような、均整のとれた造形美を誇る、少女とも見まがうような顔に笑顔を浮かべている。そして、蔵敷ととても打ち解けている。

「ありがとう、死神さん！　プラチナチケット、使わないでとっておいて良かったよ……！　これで破壊神メジェドのカードがぜんぶ揃った！　ＳＳＲカードが最大レベルにできる！」

ユニがスマホ画面をキラキラした瞳で凝視《ぎょうし》している。

「それは良かったですね。お役に立てて光栄です。ですが……メジェドさんは、もっとこう、シンプルかつ親しみやすいストーンとした台形の……」

ユニの隣に座る蔵敷は相づちを打ったが、スマホの画像を見せてもらうと、渋い表情になった。

「三次元は忘れていいんだよ。永遠に年をとらない二次元の美少女だからいいんじゃない。しかもこれ、期間限定の衣装違いバージョンなんだ！　高橋君に自慢しよ！」

「高橋君ですか……？　高橋君といえば彼は食生活を注意しないと寿命《じゅみょう》が縮まると忠告したんですが、聞いてくれないんですよね……彼のお父さんもです。少し食生活を変えれば寿命が大幅に伸びるんですが……どうしたら良いものか……」

「僕からも言っておくよ」

「お願いします。――しかしこのカード。これは肖像権の侵害では……？　いえ、メジェドさんは温厚なので別に怒らないとは思いますが……。――おや？　わたしの眷《けん》属《ぞく》のスケルトンはRなんですか？　このSRよりも強いですよ？」

　ユニが肩をすくめた。

「死神さん……これ、人間が作っているカードゲームだし、実際の力関係なんか適当だよ？　正確に網羅していたら怖いって。大切なのはね、ビジュアルだよビジュアル」

「ビジュアルですか……。それにしてもしかし、意外な種のカードもあるようですね。人間にも知られているとは興味深い」

「これ？　これは僕も驚いた。センスが渋いよね」

　顔を寄せ合ってスマホを覗き込んでいる。

「ダウンロードとインストールは無料だから、死神さんもやれば？　課金っていう罠《わな》があるけど」

「そうですねえ。折りたたみ式の携帯電話でもできるのでしょうか？」

「あー、それだとダメだね。なんで死神さんスマホにしないの？　個人情報気にするタイプ？」

「骨だとスマホのタップ感度が悪いんですよね……」

蔵敷とユニの会話は、ごく普通の声量で行われていたため、聞こうとしなくとも筒《つつ》抜けだ。

「――たかがデータの画像一枚に一喜《いっき》一憂《いちゆう》する神経がわからん」

メジェドカードに対する感想を笙が漏らす。蔵敷がとくに驚いた様子もなく肩越しに振り返る。ユニがはっとした様子でスマホから顔をあげた。

「お前……！」

笙を遠慮なく不躾に指さした。

「僕にはわかる……！　死神さんとは違う。お前は、リア充だなっ？」

「リア充？　俺がか？」

これは、蔵敷が襲われた前回と同じパターンだ。ユニが戦闘態勢に移行しかける。

しかし、未然に防がれた。

「ユニ！　何をしている！　……気になってこちらに来てみたら案の定だ」

駆けつけたユニの姉が、ユニに鉄拳《てっけん》制裁を加えたからだ。


――ユニコーンとは、白い馬の姿をし、一本のまっすぐ尖《とが》った角を持つ。この角は、邪悪な力を払い、いかなる病気も治すことができる。ユニコーンの力はこの角に集約され、角だけになってもその力が弱まることはない。よって、角を手に入れようとする者があとを立たない。しかし、知性を持ち警戒心の強いユニコーンが気を許すのは純潔の汚れなき乙女《おとめ》のみである。

図書館で借り、カフェテリアで読んでいた本。いろいろな種族についての記述があり、ユニコーンの項目に記されている文章だ。

鞄から取り出し、開いていたその本を結は仕舞った。現在、結の前にもユニコーンの姉弟がいる。姉は弟にきつくお灸《きゅう》をすえた後、名前を名乗った。彼女はコーデリア。

本に記されていた文章を念頭において、結はユニコーンの姉弟を見た。

ユニが頭をさすっている。ぼやいた。

「暴力はんたーい」

「お前が言える立場か！　馬鹿者！　なぜカウンター席にばかりいるんだ！」

「まだ全員揃っていないんだから、好きなところにいたっていいはずだよ。それにさ……」

　ユニが口ごもる。

「それに？　言ってみろ」

　やや口調を優しく改めた姉が、弟を促す。

「向こうにいると三次元の人間の女に話しかけられる！　ほら！」

　言われて見てみれば、ユニコーンたちは、人間の客に人気だ。男女とも、ナンパされている。

「しかもたいてい汚れてる！　つまり話す必要がないと思うんだ」

　コーデリアのこめかみがひくついている。そのまま顔を覆った。

「成長しちゃうし！　成長するのは百歩譲って良いとしても、いつかは汚れるんだ！　だから三次元は却下。その点、二次元は、十二歳ならずっと十二歳のままだし、永遠なんだ！　僕を裏切らない！」

　ユニは、女性嫌いで女性不信のユニコーンだった。しかし、引っ掛かる点もある。

ユニは斉藤さんという同年代の少女と、高橋君を交え、楽しそうに話していたし、基本的に結にも親切だった。普通に話していたはずだ。

それなのに三次元の女性嫌いで女性不信？

「とにかく、まだ来てない支部長が来たら呼んでよ。ちゃんと食事には参加するから」

「……料理のほうは大丈夫なのか？　お前がみんなのためにふさわしい特別な料理を注文したというから、みんな楽しみにしているぞ。……ユニ、私には何の料理にしたのか教えてくれても……」

「ダメダメ。見てからのお楽しみだよ」

そんなユニを一人カウンター席に残し、コーデリアに誘われた結たちは貸し切り側に移った。そのうち、ウェイターが貸し切り側と通常営業の店内を区別する可動式の仕切りを設置した。

貸し切り側では、席を繋《つな》げて大きめにした席が幾つか並び、何人かはそこに座ったり、また何人かは立って話したりしている。

「今日はユニコーン同士の親睦会なのだが、支部長……日本における我々のまとめ役であるアドレー様の到着が遅れていてな。手持ちぶさただ」

コーデリアやユニが例外なだけで、他のユニコーンたちは蔵敷が苦手なようだ。ややすれば不躾とも言える視線を送り、何か言いたげではあったが、結たちのいるテーブルには近づいて来ない。

「すまんな。不愉快な思いをさせる。死を司る種よ」

「お気になさらず。ユニコーンは汚れを嫌いますからね。死を嫌うのももっともです。色も黒を好まないのでしたか。あなたがた姉弟は少々違うようですが」

黒を好まない、の部分に、え、と結は思わず蔵敷の顔を見た。

ユニコーンは、黒を好まない？

「私はヴァルキリーと共に育ってな。彼女たちは戦乙女《いくさ》だ。よく戦場に行った。血も死体も平気なのだ。そんな私と比べ、ユニはまさにユニコーンらしいユニコーンでな、純粋で可愛らしく、素直な子だったのだが……」

深いため息をコーデリアがついた。

「狭い世界しか知らなかったのも悪かったのかもしれん」

ユニたちはイギリス、シャーウッドの森で暮らしていた。ユニはそこである日、迷い込んできた人間の少女と出会い、交流するようになった。本性である白い馬の姿で、その背に少女を乗せたりしていた。少女の膝《ひざ》に頭を乗せ眠るほど心を許していたという。それは少年の初恋だった。

ところが、少女が突発性の不治の病にかかってしまう。現代医学では進行を遅らせるぐらいしかできない病だ。ユニは自分の角を削って与えようとした。

「私は反対したのだ。あれは身を削るようなものでな、痛みはもちろん、まだ擬態もできない――ユニコーンはある程度の年にならないと本性の姿しかとれん――子どものユニでは衰弱も激しい」

しかし、少女は弱ってゆく。ついにユニは姉の反対を押し切り、万病の治療薬となる自分の角を削った。少女に飲ませる。効果は覿面《てきめん》だった。少女は奇跡と呼ばれる回復を見せた。物語ならハッピーエンドの結末だ。

「――人間の成長速度は我々とは異なるからな。少女は十五歳ほどになり――人間の男に恋をした。森にも来たのだが、それが恋人ができたという報告でな……。あれが自然消滅だったらまだマシだったと思うのだが……少女本人に止《とど》めを刺されたようなものだな。少女に悪気がなかったゆえに、むごかった」

以来、ユニは、ふさぎ込んでしまった。初恋が破れた衝撃は大きかったのだろう。また、角に負ったダメージも大きかった。

「折しも、私もそろそろ夫を見つけろと一族からせかされている最中でな、しかし地元では、ユニコーンとしての私はあまり評判が良くない。まったく文化の違う土地で夫を探すことにした。ユニも擬態ができるようになってな、気分転換になるかと、ユニを連れ、私は教師として、ユニは外国人留学生として日本に来たわけだが……」

コーデリアも予想だにしなかった事態が弟に起きたのだった。

「ユニはオタク文化に染まってしまったのだ！」

後悔しきりという体で打ち震えている。

「秋葉原《あきはばら》、日本橋《にほんばし》、中野《なかの》ブロードウェイ最高だそうだ。『なぜ萌《も》え文化はもっとはやくに世界に生まれなかったのか』とも言っていたな。それから、スマホアプリだな。SSRカードがどうとかオタク仲間の高橋君という人間と楽しそうに……いや、高橋君は良い子なのだが……」

考えてみれば、ユニコーンの純潔の乙女に心を許すという特性と、日本の男性向けオタク文化は、もの凄《すご》く親和性が高いのかもしれない。失恋でもともと下地ができあがっていたのを、種族特性もあいまってこじらせてしまった、ということだろう。でも、何かすっきりしないものを結は感じた。

「由々しきは、ユニから他の若いユニコーンにも、二次元愛が伝染していることだ。雄《おす》だけでなく雌もな。雌は雌で池袋《いけぶくろ》乙女ロードに行ってみたいだなんだのと……頭が痛い。ユニはぐれてしまったと一族の間ではもっぱらの……」

「その、コーデリアさん。女性のユニコーンの場合も、汚れなき乙女にしか心を許さないんですか？」

結が参照した本の項目《こうもく》には、ユニコーンの性別については書かれていなかった。雄を前提としているように思える。

「ん？　いや、それは雄の場合のみだな。雌の場合は汚れなき男子だ。汚れなき乙女も好きだが」

「物は言い様か」

渋い顔でぽつりと笙が呟いた。

「だが勘違いしないで欲しいのだが、そうでなくとも我らにとって害になるというわけではないのだ。でなければ、森から出ただけで死んでしまうだろう。日本に来ることはもちろん、生活などもってのほかだ」

確かに。汚れなき乙女や男子は、いるだろうが数は限られる。

「それよりユニのことだ。幸せそうなカップルや恋に落ちている者、恋心を向けられていそうな者に対して『リア充』などと言うようになった。攻撃的でな。まぁ以前は狙われても逃走を選ぶほうだったから、その点では良しといえなくも……。だが、擬態時も弓などという小道具を使うようになったのはやはり二次元のせいか……？　とにかく、『リア充』に関してはまったくの思い込みなので始末が悪い」

コーデリアがダンッとテーブルを叩いた。

「一体、ユニはどうしてしまったのか。まったく情けない」

「いま彼が恋しているのは、ＳＳＲカードの破壊神メジェドさんだそうです」

蔵敷の言葉にコーデリアが唇を噛んで頷いた。

「それだ。メジェドちゃんが出ない、もう課金するしかないと騒いでいた。ピラピラ衣装を来た十歳ほどの少女のカードだ。――まさか！　手に入れてしまったのかっ？」

「あー……、わたし、こう見えて運が良いと申しますか……」

困った顔になった蔵敷のもとに、話題の主であるユニが仕切りの向こうから走り寄ってきた。

「死神さん！　不具合の補塡《ほてん》で運営からプラチナチケットが手に入ったんだ！　お願いだからまた引い――」

しかし、蔵敷にたどり着く前に、ユニが立ち止まる。ウェイターに案内され、客がやってきたのだ。若かりし頃の容姿はさぞやと思わせる、威厳に満ちた七十代ほどの男性だ。頭髪は真っ白だが、動きはかくしゃくとしている。

結は瞬きした。

ユニコーンたちの反応からすると、この老人が親睦会に遅れていた最後の客なのだろう。日本にいるユニコーンたちのまとめ役で、コーデリアはアドレー様、と言っていた。

——この人が？

結は、てっきり人間だと思っていた。

実際は、ユニコーン？

すっかり顔を覚えてしまっている、平日によく見掛けていた、あの常連客の老人だ。

老人が結に少しの間視線を留めた。表情は動かない。結が会釈する。しかし老人は結から視線を逸らした。仲間に向かってゆっくりと言葉を発する。

「なぜ部外者がいる？　我々のみの食事会と聞いていたが」

貸し切り側には、結たちだけでなく、ユニコーンに話しかけている人間の客もいる。それを指していた。

「申し訳ありません、アドレー様」

ユニコーンの一人がそう言葉を発したことで、部外者である結たちは仕切りの向こう側へと移ることにした。

「結殿」

最後に出て行こうとしていた結をコーデリアが呼び止めた。ユニを含め、他のユニコーンたちは既に席についていて、とくにあの常連客の老人――アドレーが不愉快そうにしている。

「私が招いたのに……すまん」

項垂れたコーデリアに結は慌ててかぶりを振った。

「気になさらないでください。それより、席についたほうが」

小声でそう返すと、コーデリアが苦笑した。

そこへ、鍋を持ったウェイターがやってきた。大きく丸い、パエリヤ専用の平たく浅い鍋だ。それが、結が見たこともないほど大きい。一人前のときは普通に皿に盛って出てきた。これは、会食用の特別仕様ということだろう。

浅い鍋の中で、見た目で異彩を放っているのは、アロス・ネグロだ。

香ばしい匂いが漂ってくる。パラパラのライスにはたっぷりとイカ墨が使われ、ライスの上に載っているのは、リングイカ、小ぶりのエビが丸ごと何個も。さらに開いた殻ごと入っている貝の身は、ジュウジュウと音を立てている。パプリカの明るい赤や黄色がイカ墨のシンプルな黒に鮮やかさを添えていた。

皿に盛って出されるのもいいが、鍋から取り分けて食べるのも美味しそうだった。

集まって食べるならではだ。

無意識に口元が緩《ゆる》んでしまった結は、それを引き締めようとして、気づいた。

どうしてか、コーデリアが絶句したように立ち尽くしている。

ウェイターがテーブルにアロス・ネグロの浅い鍋を置いたが、ユニコーンたちはなぜか静まりかえっている。セッティングし、ウェイターが一礼して去っていってもそのままだ。ユニコーンたちは、誰もが沈黙していた。空気が凍っている。

それがなぜなのか結には見当がつかない。

彼らの視線は、浅い鍋――アロス・ネグロに注がれていた。でも、どこもおかしいところはないのだ。料理は完璧《かんぺき》だ。ユニコーンたちの支部長らしいアドレーが、おかわりまでしていたメニューでもある。嫌いではないはず。

アドレーが、苛立《いらだ》った様子で口を開いた。

「――これを注文したのは誰だ」

ユニが飄々《ひょうひょう》とした調子で手をあげる。

「僕だよ。いいでしょ、アロス・ネグロ」

「何を考えている！　このようなものを注文するなど――！」

ユニコーンの一人が怒りで小刻みに震えながら叫んだ。

ユニコーンたちのやり取りを耳にするうち、結は、アロス・ネグロが彼らにとって不浄の食べ物であると知った。

人間の世界において、ヨーロッパ北部では、タコやイカはとくに不浄の食べ物とされてきた。『悪魔の魚』だ。それとは無縁だったのが南ヨーロッパで、だからこそスペインにはイカ料理であるアロス・ネグロもある。

ここに集まっているユニコーンたちの生まれはイギリスだ。人間同様、ユニコーンの間でも、『悪魔の魚』は知られ、信じられている。そして、ユニコーンは昔からの慣習を尊ぶ。『悪魔の魚』への認識は、人間の間では大分緩和《かんわ》されているが、彼らの間ではそうではない。時間の流れが異なることも大きいだろう。人間のそれははやく、ユニコーンのそれは遅い。いまだ、『悪魔の魚』を筆頭に、タコもイカも食べることは毛嫌いされている。

さらにいえば、ユニコーンにとって、『アロス・ネグロ』は色味も最悪だった。

黒だ。ユニコーンとは対極の存在。二つの角を持ち、不純を司るバイコーンの色。『悪魔の魚』を用い、さらに厭《いと》う色彩こそが主役ともいえる料理。それが、ユニコーンにとってのアロス・ネグロ。

この集まりは、ユニは親睦会、と言っていたし、実際、日本に来ているユニコーンたちの、内輪同士のささやかなものなのだと思う。

しかし、そこでアロス・ネグロを出すのは、親交を深めるどころか、その反対の行為だ。注文した者の良識が疑われる。

ユニコーンたちの間では、ユニを追放する、などという過激な話へと発展している。仕切りの向こう側へ行くはずが、ユニコーンたちの雰囲気に、この場から出て行くタイミングを結は完全に逃していた。やり取りを見ているしかできない。

「お前たち姉弟には失望した。ユニ、お前はコーデリアの悪影響を受けていただけだと思っていたが――姉が姉なら、弟もだったということか」

アドレーは読めない表情のまま沈黙を守っていたが、一人の発言が、周囲にも伝染してゆくのが結にも伝わってきた。ユニたち姉弟が、ユニコーンたちの間で浮いていたのは、先ほど聞いたコーデリアの話で結もわかっていたつもりだった。しかし、こうして目《ま》の当たりにしてしまうと、拒絶の空気が、痛い。

「そうだよ。だから、僕もお姉ちゃんもさっさと一族から追い出せばいいんだよ」

挑戦的にユニが笑う。はっとしたようにコーデリアが顔をあげる。

「ユニ、お前……」

「ほんとう、ユニコーンってあたまかったいよね。この料理はさ、僕とお姉ちゃんなんだよね。アロス・ネグロ？」

ユニが流れるような動作でテーブルの小皿を取ると、鍋からアロス・ネグロを取り分けようとした。食べるつもりなのだ。しかし、それよりはやく、顔色を変えた男性ユニコーンの一人が鍋の取っ手を摑む。

「――このようなもの、食べるな！」

ひっくり返そうとしている、と悟《さと》った瞬間、結の身体は動いていた。

大きな鍋を両手で抱えて守る。傍観《ぼうかん》することはできなかった。

「た、食べ物に罪はないと思います！」

発言した結の視界の中で、アドレーが、浮かしていた腰を椅子に下ろし、座り直した。つい、そちらを見てしまう。

ユニが食べるのを阻止しようとしていた？

それとも、もしかしたら、アロス・ネグロが捨てられるのを、結同様、止めるつもりだったのだろうか？

そうだ。そもそも――。

死守した浅い鍋に視線を落とし、頭を整理する。

ユニコーンにとって、アロス・ネグロは、忌避《きひ》される料理だ。それはたった今理解できた。しかし、この場にいるユニコーンの中で、平日の『すずらん』常連客であったアドレーは、そのアロス・ネグロを食べていた。

ということは、アドレーだけは、本音では忌避などはしていない？　だが表向きには、そうではない。あるいは、ユニコーンの慣習として、堂々とそうはできない？

そう考えると、『すずらん』で見掛けても、いつも一人だったことにも納得がいく。アドレーにとっても、一番行きやすいのは、やはり土曜日の夜のはずだ。なのに土曜日の夜では見掛けたことはない。自分以外のユニコーンや、親しい会員客をわざと避けていたのだとしたら？

平日なら、遭遇の確率も下がる。

そうして思い返してみれば――ユニと『すずらん』で出会った、平日の二回では、結はアドレーと会わなかった。もちろん、これまではとくに不思議には思わなかった。いくら常連客とはいえ、毎回会うわけでもない。ただの偶然だろうと。しかし、他のユニコーン――ユニがいたから、アドレーもその日は『すずらん』へ入らなかったという可能性もある。

たぶん、『すずらん』へ通っていたことは、他のユニコーンには、秘密なのだろう。アロス・ネグロを食べたことがあることも。

「結さん！　何やってんの！　火傷《やけど》！」

驚いていたユニが我に返り、氷と水の入ったコップを結の腕につける。

「あ……」

言われてようやく、鉄の鍋に直に触れていた部分がじくじくするのを自覚した。鍋をひっくり返そうとしていたユニコーンを窺いつつ、ユニが渡してくれたコップを、腫《は》れのひどい部分に当てる。

「ごめん……」

ユニが呟く。そんなユニに、ある疑問が思い浮かぶ。初対面のときは驚いたものの、ユニコーンとしては多少規格外だとしても、ユニは嫌がらせをするようなタイプには思えないのだ。

どうして、アロス・ネグロをわざわざ注文するようなことを？

一歩、前へ出たコーデリアがくしくも同じ問いを口にした。

「ユニ、どうしてこんなことをしたんだ？」

答えはない。しかし再度問いを繰り返され、ユニが降参したように言葉を紡いだ。

「こうすれば、僕らを追い出す理由になるだろ」

言い、自分の仲間――ユニコーンたちを見渡した。

「僕らを追い出したがってた。でもユニコーン全体としては、追い出すなんて外聞が悪いから、行動に移せない。だから、理由を作ってあげたんだよ」

「ならば、出て行くがいい」

男性ユニコーンが忌々しげにアロス・ネグロの鍋を睨み、告げる。周囲のユニコーンたちの表情は、様々だ。怒りを堪《こら》えているようであったり、後悔しているようであったり、悲しそうであったり。しかし、どこからも反対の声はあがらない。

流れを変えられるはずのアドレーは、と、結は長く人間だと思い込んでいたユニコーンの老人を見た。厳つい表情で、口元を引き結んでいる。それが、迷っているように見えるのは、結の願望だろうか。

嫌われるのは怖い。でも、全員が全員と仲良くできる、なんて無理だとも知っている。決別するのが最善の場合もあるだろう。

ユニたちの場合も、本当にそうなのだろうか？　何か糸口は――。

火傷した部分の皮膚《ひふ》が、じくじくと痛みを訴える。近くには、真っ黒いイカ墨のごはんが入った鍋。

「あ、あの」

声を発した結に、さっきから何なんだお前は、とでも言いたげな温度のない視線が結に幾つもささる。

「その火傷の間接的な原因は我々だ。そのことについては謝罪する。だが、部外者はここにいるべきではない。出――」

「待て」

誰かの発言を、アドレーが止めた。

「種族は違えど、人間ではないという意味では、同じとも言える。娘よ、何か言いたいことが？」

結は唾を呑み込んだ。肺《はい》に力を入れる。

「た、食べてみませんか。アロス・ネグロを」

自分たち姉弟は、この料理みたいなもの、とユニは口走った。ユニコーンたちの間では異端だから、そう表現したのだろう。しかし、アロス・ネグロは食べてみれば、美味しい料理だ。ユニコーンたちがこの料理を受け入れてくれたなら？

そんな発想で出た言葉だったが、ユニコーンたちの間に激震が走った。口々に言い合っている。「毒《どく》を食えというのか！」などと穏やかならざる単語が飛び交っている。

「ど、どく？」

呟いた結に、また別の氷水入りのコップを差し出しながら、言いたいことは言ったからなのか、さっぱりとした表情でユニが説明してくれた。

「言い伝えによると、『悪魔の魚』は僕らにとって毒らしいよ。森にいた頃は僕も信じてた。過去には先祖が食べた後に苦しんで死んだって。つまり、食べることは死を意味する。いまも誰も食べない」

結はぽかんとした。

「だれも……食べない……？」

「うん。らしいよ」

そうではないことを結は知っているし、ああ、そうか、と、鍋をひっくり返そうとしたユニコーンの真意がわかった気がした。ユニが毒を食べようとしていたから、だ。

それを止めた。なら、やっぱり、決裂で終わるのは、違うのではないだろうか。

「た、食べられます！　ユニコーンの皆さんにとっても、毒ではありません」

ユニコーンの支部長という、生きた現物がこの場にいる。ただ、イカなりタコなりを食べて死亡したユニコーンが過去にいたことが嘘だとも思えなかった。考えられる要因は、過去に、という事実だ。古代か中世か、近世か。『悪魔の魚』は海の幸だ。

保存技術や衛生環境は現代ほど整っていない。調理法だって限られる。その『悪魔の魚』が腐っていたりしたら、食あたりだってあるだろうし、悪くすれば、毒にもなり得たかもしれない。だが、『すずらん』の『アロス・ネグロ』はきちんとした料理だ。そんな心配はあり得ない。つまり、実際に食べても、大丈夫なはずなのだ。

「何なら、僕が……」

「私が――」

ユニとコーデリアがほぼ同時に口を開いた。食べてみせる、と続けようとしていたのだろう彼らに対し結は首を振る。ユニはきょとんとした様子でぱちぱちと瞬きし、口を噤んだ。コーデリアは首を傾げたが、結を見つめた後、ひとつ頷いた。

この場にいるユニコーンの中で、真っ先にアロス・ネグロを食すべきなのは――。

「あ、アドレーさん」

ここにいるユニコーンたちの代表者だ。

「アドレーさん、アロス・ネグロを食べてみませんか」

ユニたち姉弟以外からの激しい反発が起こった。しかし、アドレーが片手をあげると、全員が沈黙した。

「発言を許可したのはわたしだが、こともあろうにわたしにその料理を食べろと？」

「はい。毒ではありません」

「馬鹿馬鹿しい」

吐き捨てられる。当然だ、という空気が流れる。結もどきりとした。アドレーも、ユニたちが排斥《はいせき》されることは、内心では望んでいないだろうという考えは自分の勘違いで、間違いだったのだろうか？

だが、アドレーは続けた。

「──しかし、汚れなき乙女の発言だ。信じるに足るのかもしれぬ」

「け、けがれなき……」

絶句してしまう。その通りなのだが、相手はユニコーンとは言え、いたたまれない。

しかし、それで信憑性に一役買っているなら、良かったと思うべきだ。

「いいだろう。食べてみよう」

途端、必死の静止の声が幾つもあがる。彼らは、『悪魔の魚』について心から信じているのだ。

「娘！　アドレー様に何かあれば……！」

親の敵のように、数人のユニコーンに睨みつけられる。結は笙の言っていた、「ユニコーンは戦闘種」という言葉を思い出した。無意識に走った震えに深呼吸する。

「みな、黙れ」

アドレーの静かな一声に、内心の心情はどうあれ、ユニコーンたちが従う。アドレーが小皿を取り、アロス・ネグロを取り分けた。テーブルに小皿を置き、椅子に座り直した。お祈りをしてから、スプーンを手に取る。

誰もが固唾《かたず》を呑んでいる。結も例外ではなかった。

アドレーが丁寧な動作で、アロス・ネグロを食する。途端、彼の表情が一変した。厳つく乏しかったそれが、崩れる。幸せそうな、にこにこしたものへと。

「うまい」

すずらんの常連客として、よく浮かべていた、結にとっては見慣れたものだ。

しかし、ユニコーンたちにとっては、衝撃だったらしい。毒を食べて平気だったということより、彼らの支部長の笑顔のほうに明らかに戸惑っている。

アドレーはそんなことには我関せずで、食事を続けた。意外にたっぷりと取り分けていた分のアロス・ネグロを完食するまで、一言も発することはなかった。

食べ終えると、アドレーの顔に浮かんでいた緩んだ表情は消えた。そして、一つ頷いた。口を開く。

「アロス・ネグロは毒ではない。わたしの身をもって証明された。――ユニが注文したのも、なんらおかしいことではない」

ユニが大きく瞳を見開いた。

「し、しかし、そんな……！」

抗議の声を封じるようにして、アドレーが言葉を重ねた。

「それから、みなに言わなければならないことがある」

一瞬、結に視線が投げられた。

「──わたしは、『悪魔の魚』を、いや、アロス・ネグロを、以前にも食べたことがあるのだ。ユニを追放するというのなら、真っ先に追放されるべきはわたしだろう」


「ユニコーンは二次元オタクだったのか」

フィギュアを自慢し合っているユニコーンの青年二人を目にし、笙がしみじみと呟いた。その左手にはサラダボウルがある。右手にはスマホだ。さきほど、貸し切り側にやってきて、ユニコーンたちの様子を一瞥《いちべつ》してから「問題ないようだな」と取締局に電話していた。

「そういえば……監視って、してたんですか？」

まさに一触即発《いっしょくそくはつ》だった、一番いるべきときに、笙はユニコーンたちの側にいなかった、と思う結だ。

「カウンター席にはいたが、いつでも介入《かいにゅう》できるよう耳は澄ませていたぞ。山嶺が首を突っ込んでいたのも聞こえていた。君の火傷は自爆だな」

「おっしゃるとおりです……」

自分の腕を結はまじまじと眺めた。赤く腫れ、時間が経つごとにヒリヒリしてきていた火傷はどこにもない。あれから追加で頼まれたアロス・ネグロの鍋を運んできたウェイターに、結は「お客様」と呼び止められた。彼がさっと手をかざすと傷が驚異的な速度で治癒《ちゆ》していったのだ。シェフも謎だが、ウェイターも謎だ。

しかし、おかげで痛みに悩まされることなく、アロス・ネグロの味を味わうことができる。小皿に取り分けた真っ黒いごはんは、これで三皿目だが、まだまだ入る。三皿目は、トッピングのニンニクを使ったアリオリソースをかけて食べている。マヨネーズのソースなのだが、魚介類のダシがしっかり効いているアロス・ネグロによく合う。おこげの部分を中心に取り分けたので、パリパリ感があって新鮮だ。

と、近づいてきたユニコーンに、結は会釈した。アドレーだ。アドレーも会釈を返した。

「背中を押してくれて、感謝する」

結の隣に立ち、同族たちを眺めながら、アドレーが言った。

ユニがスマホの画面を数人のユニコーンと見せ合いっこしている。それに、コーデリアと、少し年長のユニコーンがやれやれと言いたげに顔を見合わせている。

アドレーは、『悪魔の魚』を食べていた、と告白した。それはユニコーンの慣習を破る行為だったが、その告白をきっかけに、ユニコーンたちの打ち明け大会の体《てい》になった。

故郷でいい顔をされなかったので隠していたが、秋葉原でアニメのブルーレイを買いあさった。ユニのはまっているスマホゲームに実ははまっている。たこ焼きを食べてから、中にタコが入っているとわかった。だから、『悪魔の魚』は毒ではないのかもしれないと知っていた、など。

ユニによる二次元愛が、若いユニコーンに影響を及ぼしているとコーデリアは言っていた。それは、どうも、若いユニコーンだけに限った話ではなかったようだ。考えてみれば、ここは日本だ。オタク文化に簡単に触れられる場所だ。

しかし、言い出せない空気というものがある。だから、こっそりと楽しんでいたユニコーンも多かったようなのだ。アロス・ネグロも、恐る恐るといった体で一人が食べ、二口三口と口に運べば、他のユニコーンも倣《なら》う。

ユニたちの追放の話は、いつの間にか消えていた。

「『すずらん』では何度も会っていたな。わたしがアロス・ネグロを食べていたのを知っていたのに、あのような形でわたしに食べる機会を作ったのは、わたしの顔を立ててくれたからだろう」

しかし、アドレーは、結局は、自分から告白してしまった。

「余計なお節介《せっかい》だったかもしれません……」

「いや……」

アドレーが首を振った。

「年をとると、変化が怖くなる。問題はあれど、現状も全体でみれば何もかもが悪いということでもない。ならば現状維持で良い」

それは、ユニコーン社会のことなのだろうか。

「変えようと勇気を出そうと思い立つこともある。しかし変えてよりよくなるなどとは容易に信じられない。そうして、現状維持を選ぶ。……そうした選択がユニを追い詰めたのだな」

それに、とアドレーが深いため息をついた。

「臆病《おくびょう》に縮こまっていたのは、わたしだけではなかったようだ」

その視線の先には、ユニコーンたちの姿がある。


『すずらん』を出たときには、夜空に半円の月が浮かんでいた。親睦会が終了し、成り行きで、結はユニコーンの姉弟や、蔵敷、筮と帰路を共にすることになっていた。

帰り道、ユニは蔵敷とカードの話で盛り上がっていたが、コーデリアに叱られ、いまはスマホを仕舞っている。最後尾をゆっくりと歩いていた。

結はユニに話しかけてみた。

「――ユニ君の、二次元が恋人っていうの、あれって本気なの？」

ユニがアロス・ネグロを注文したのは、自分たちが出て行きやすい状況を作るためだ。そして、ユニコーンたちが、自分たちを追い出す決定的な理由を作るため。だとすると、二次元愛も、三次元の女性嫌いも、ユニコーンたちに悪く思われるよう、偽《ぎ》悪的《あくてき》な面があったのではないかと感じたのだ。

「僕のいまの恋人はSSRカードの破壊神メジェドさんだけど？　これね」

ユニがこっそりとスマホの画面を見せてくれた。少し無愛想《ぶあいそう》だが、可愛らしい少女の絵が描かれたカードだ。

からかうような調子なので、本気なのかどうかがわからない。

「失恋を引きずってるっていうのも」

今度は、やや間があいた。ユニが一度目を閉じる。

「うん。幼なじみの男の子が大好きな、あの人間の女の子が僕は大好きだったよ」

懐かしむように、優しくユニが微笑んだ。

「ちょっとだけ、結さんに似てたかな」

それは淡いもので、呟きと共にかき消えてしまう。

ユニが突然背後を振り返った。

「これ……」

と、歩いてきた道を逆方向に走っていってしまった。

「こ、コーデリアさん！　ユニくんが……！　ど、どうしたんでしょうか……？」

笙が風の匂いを嗅いだ。ユニが走っていった方向をみやる。

「誰かが怪我《けが》をしたようだな。血の臭いがする。……ん？　しかもこれは……大学から尾いてきていた輩《やから》か？」

「た、大変じゃないですか！　助けなきゃ！　場所はあっちなんですよね」

「――しかし、我々は関与していませんし。しょせん、人間同士のいざこざのようですよ？　どうなろうが関係ないと思いますが」

冷水を浴びせられたかのようだった。先頭を歩いていた蔵敷が、一応と言った体で数歩先に立ち止まっていた。その物言いに、結は耳を疑った。柔らかい物言いなのはいつもとまったく変わらないのに、無機質な冷たさを感じる。

「で、でも、大怪我したりとか、最悪、亡くなったり……」

「かもしれませんね。人間は簡単に死にますから」

それが何か？

言外に、そんなニュアンスの問いを含んでいた。ポン、と蔵敷が手を打つ。

「ああ、なるほど。そういうことですか。山嶺さんは、自分が人間だと思っていた期間が長いのでしたか。それで人間にも肩入れしてしまうのかもしれませんね。ですが、人は人、我々は我々ですよ。区別はきちんとしておきましょう」

「――蔵敷さんは」

「はい？」

「高橋君や、高橋君のお父さんと『すずらん』で相席をするほど仲が良いって聞きました。高橋君親子の健康だって、心配していたのは？　あれは」

「ええ。人間の中では、高橋君もそのお父さんも親しいほうですね。あくまでも人間という尺《しゃく》の範囲内で比較するならば、好ましい存在です。ただの人間と、高橋君たちなら、わたしは高橋君たちに便宜《べんぎ》をはかります。しかししょせん人間であるということを越えることはありません。我々と比べたとすれば？　その比重は言うまでもない」

「──死を司る種よ。あなたのような考えの者もいるが、その人間を好きこのんで助けにゆく私の弟のような者もいることをお忘れなく」

釘をさすかのように、コーデリアが言葉を発した。蔵敷が苦笑する。侮蔑《ぶべつ》の笑いだったかもしれない。

「さすがは慈悲深いユニコーンらしい、分け隔てないというべきでしょうか？　理解できませんが。やはり根本の部分では相容れませんね。種の相互理解は難しい。──もっとも、理解したところで実践するかは別の話ですが」

理解しても実践する気などさらさらない、と言っているも同然だった。

「しょせん、人間など狩る対象でしかないということか？」

「我々の側を狩ることもありますがね。人間だって、無差別に狩るわけではありませんよ。その必要性があるからです。山嶺さんだってそうでしょう？」

「……え？」

ぼんやりしていた。呼ばれて、我に返った。何だかとても——嫌な気分だった。

「山嶺さんは吸血鬼なのですから」

山嶺サンハ吸血鬼ナノデスカラ。息が苦しくなった。吸血鬼らしいところなど一つもない。それが山嶺結だ。そうでしょう？

「人間は餌《えさ》ではないのですか？　餌に特別の情をかけるほうがおかしい。違いますか？　人間にはバケモノと呼ばれたりもしますが——ときには我々だってあなたの餌になるでしょう」

聞きたくない。餌。餌という単語が頭にこびりついて離れない。

「——その辺にしておいてくれるか。血の臭いが増えた。ユニだな。これで人間同士の争いではなくなったぞ」

蔵敷が胸の前で両手をあげた。

「悪者はわたしだけのようですね。取締局員としては介入する理由ができましたか」

笙は答えず、眉間に皺を寄せて無言だ。

「せっかくですからわたしも見物には行きましょうか。ですが、わたしのことは味方の数に入れないで下さいね。一応、邪魔もしないつもりです」

「わかった。山嶺はどうする」

「私、は──」


咲良は腕から血を流して倒れていた。意識がないようだ。そんな咲良を、彼女の友達二人が──トイレにいた子たちだ──を介抱《かいほう》している。

血の匂いがする。幼い自分の姿が、一瞬、脳裏をよぎった。頭を振った。変だ。なんだか自分はとっても変だ。冷静にならなければ。冷静に。

結たちを大学から尾けていたのは、咲良たちだったのか、と頭の隅で思う。蔵敷が関係のない人間、といった中に、咲良たちがいた。疑ってしまったあの女子学生たちには悪いことをした。

何が起こってああなったんだろう。

目の前の出来事が、薄い膜の張った向こうのことのように感じる。

「ガキがさあ。出しゃばるから怪我するわけよ。ほら、さっさと行けよ」

男子学生が複数。一人、二人、三人、四人。

そのうちの一人が持ってるナイフから、咲良ちゃんの血のいい匂いがする。とってもとっても美味しそう。なんてかぐわしい香り。

結はまた頭を振った。そのせいで、また、血の匂いが鼻についた。

――これは人間のものではない。香りの性質が違う。清冽《せいれつ》な生き物らしい、澄んだ香り。ユニコーンだ。清い生き物の血もまた美味しい。

「お前たちから、僕に手を出したよな？」

ああ、ユニも怪我をしている。

――仕掛けられたならば、ユニコーンは徹底的に応戦する。

高校生にしては細身のユニは、決して強そうには見えない。しかも四対一だ。しかしユニは相手が繰り出す拳や、ナイフにもまったく怯まず、攻撃を身軽に避けてゆく。その動きには無駄がない。わざと反撃もしていないようだった。相手はそれなりに喧嘩慣れしていそうな体格の良い人間ばかりだ。なのにかすり傷すらつけられない。避けられるごとに驚愕の表情をしている。戦意が減退しているのが明らかだ。

そこからユニの反撃が始まった。決着はあっという間だった。両方の掌を突き出し、向かってきた一人目を突き飛ばしたかと思うと、怯んだ二人目、三人目、四人目と数分もかからないうちに倒してしまった。

「ふん」

ユニがパンパンと手を叩いた。そんな弟にコーデリアが駆け寄ってゆく。

「ユニ、お前怪我をしてるじゃないか！」

「舐《な》めときゃ治るよ」

「私の角を削ってお前にやる！」

「な、何言ってるんだよ、お姉ちゃん。大袈裟《おおげさ》すぎだよ」

姉弟が抱擁《ほうよう》し合い、笙がスマホでどこかに連絡をしている。これで解決……？

「はい。喧嘩が。女性が負傷しています。──山嶺？」

──血の匂いがする。でも、咲良ちゃんは襲っちゃダメ。ユニコーンなら？

お腹が空いた。本当はずっとずっとお腹が空いているのを我慢していた。こんなに美味しそうな匂いをさせているほうが悪いよね。

ユニコーンの姉弟に近づく。

「結殿？」

結を見て、コーデリアが心配そうに呟いた。

──もう少し。

もう少し、というところで、大鎌が振りかざされたのを感じた。飛び退く。近づけない。忌々しい。

「それ以上近づかないほうがいいですよ。動かないでください、山嶺さん」

蔵敷だった。擬態は解いていない。でも、なるほどと思う。ずっと、ピンときていなかった。外で会うことがあっても、蔵敷は大鎌を持ってはいなかった。だが、見えなかっただけで、持ってはいた。

「――ユニ君を襲おうとするのはいただけませんね。わたしは人間の命がいくら喪《うしな》われようとも何も感じないのですが、敵でもないユニコーンの命の灯火《ともしび》が消えるのはさすがに少しばかり胸が痛みます」

「……少しばかり？」

「ええ、少しばかり。あの負傷した人間女性がきっかけでしょうか？　たがが外れたようですね。正気に戻りましょう、山嶺さん。そうですね……。でないと、あの人間の命を刈り取りますよ。これでどうでしょう？」

笑みを浮かべているが、ちっとも笑っていない。蔵敷は本気だ。蔵敷にとっての人間は、そんなもの。

――咲良ちゃん。

咲良の姿を、視界に入れた。腕から、鮮血が溢れている。

その光景に、なぜ、こんなにも強い既視感《きしかん》があるのだろう。咲良を介抱している二人の表情にも。――嫌な気分。

そういえば、咲良とは、どんな風に、疎遠になったのだったっけ。

――夕日の綺麗だった、あの日だ。あいつが来たんだった。

『お前、ちっこくて美味《うま》そうなのを連れてるじゃないか。お前の餌か？』

――えさ？　えさってなあに？　咲良ちゃんは友達だよ。言ってること、わかんないよ、おじさん。

『人間が友達？　お前、こっち側だろう？　その餌くれよ。わかるだろ？』

――こっち側ってなあに？

幼い咲良が、結の手を握り、引っ張った。

『結ちゃん。知らない人と話しちゃだめなんだよ！　行こ！』

『うん。でも……』

――知らない人だけど……知ってる。知らない人。……人？

そこから――何かあった。おじさんはいなくなっていた。

怪我をした、幼い咲良が見える。地べたにへたり込み、後ずさっている。

それを結は見ていた。

――咲良ちゃん、助かったんだよ。あいつはやっつけたから、もう安心だよ、咲良ちゃん。

でも、咲良ちゃんは来ない。だったら自分が近づこう。いまの咲良ちゃん、とっても良い匂いがするんだもの。お母さんが作ってくれる美味しい美味しい、大好きなチーズがたっぷりで、隠し味の秘密の材料が入ったロールキャベツより良い匂い。

でも、また咲良ちゃんは下がってしまった。咲良ちゃんがうごくと良い匂いがふわっと広がる。

——どうしたの？　なんで咲良ちゃん、逃げるの？

『来ないで！　来ないで！』

——来ないで？　どうして？　だって、咲良ちゃん、血が出てるよ？　痛いでしょう？　それにもったいないよ。

『ヤだよお。結ちゃん、怖いよお』

——変なの。あいつはもういないのに。

『咲良ちゃん。なんでそんな顔してるの？』

訊いてみた。咲良ちゃんは教えてくれない。

——ねえ、咲良ちゃん。その血、美味しそう。ちょっとだけ。ねえ、ちょっとだけ。だってね、あいつをやっつけて、疲れちゃったんだよ。美味しいもの、食べなきゃ。ちょっとだけちょうだい。そう言ったら、ダメかなあ。

『うわあああああん』

――あれ？　おかしいな。

『咲良、ちゃん。泣いてるの？』

『怖いよおおおお！　お母さん！　お父さん！』

『わたし、結だよ？』

――咲良ちゃんが怖いのは、わたしなの？　いやだよ。嫌わないで。良い匂い、我慢するから。お腹すくのも、我慢するから。

『咲良ちゃん』

――ほら、怖いわたしはもういないよ。良い匂いが咲良ちゃんからしなくなったもの。いつもの結だよ。だから――。

だから、そんな、あいつを見たときみたいな顔で、見ないで。

咲良ちゃんが餌みたいに思えたのなんて、うそだから。

違うんだよ。血なんて吸いたくないの。こんなわたしはうそなんだ。

急に結の身体から力が抜けた。意識が闇《やみ》に呑まれる。冷たくて恐ろしいものに抱き留められたのを感じた。

目を覚ますと、少女と見まごう美貌が覗き込んでいた。慌てて起き上がる。『すずらん』の店内のようだ。椅子《いす》を繋げた上に、結は寝かされていた。

「あ、起きたんだ？」

屈託《くったく》なく話しかけられるが、二の句が継げない。気を失う前に起きた出来事は鮮明に覚えている。――ユニにしようとしたこともだ。もし、蔵敷が止めなかったら？

「いまさらだけど、結さんって、僕と名前の響き、似てるよね」

たぶん、結の気持ちをほぐそうとして、ユニはそんなことを言ってくれた。しかし、顔の筋肉が引きつっているようで、表情が作れない。結はせめてもと、顎を引いた。

「結さんって、吸血鬼だったんだね。驚いた」

「…………」

項垂れる。

「あのさ、もし死神さんが止めなくて襲われていたとしても、僕、自覚したての吸血鬼に遅れをとるほど鈍くないよ」

「ご、ごめん。ごめんね……」

それしか結の語彙《ごい》が存在しないかのように、謝罪の言葉を繰り返す。

「吸血鬼って気位が高いって聞いていたんだけど、結さんは腰が異様に低いんだね」

「本当に、ごめんなさい」

「それなら、親睦会で結さんが火傷したのだって、もともとは僕のせいだし、お互い様ってことで。——そもそも誰の血も吸っていないしね。お腹空いてたんでしょ？　吸血鬼として」

ビクリと反応してしまった。そういえば、血の匂いがしない。ユニは怪我をしていたのに。結の視線を辿り、思い至ったのか、ユニが言った。

「怪我はウェイターさんに治してもらったんだ」

助かった、と思ってしまった。また血の匂いを嗅いだらどうなってしまうのか、自分でもわからない。いまは血の匂いがどこからもしないことに感謝するしかなかった。

「お腹が空いていたら食べたくなる。自然の摂理だと思うよ。むしろ不思議だな。吸血鬼が血を吸おうとするなんて当たり前のことだよ？　なのになんで結さんはそんなに罪悪感を抱いてるの？」

「それ、は」

もう、思い出してしまったから、理由は、知っている。はっとした。

「あの……さく……怪我をした、人間の女性、は？」

「人間のことは人間にだね。救急車で病院だよ。僕らは『すずらん』に戻ってきたんだ。死神さんが結さんを運んでたよ。いまはあっち。オオカミ男さんも。取締局がどうとか言ってた」

「結殿！」

コーデリアがコップを手に駆け寄ってきた。水を取りに行ってくれていたのだろう。結に差し出してくる。

「……不要だったか？」

心配そうにコーデリアに問われ、結はコップを受け取った。透明な水。喉は渇《かわ》いている。

「……いただきます」

「ああ。いただいてくれ」

にっこりとコーデリアが笑う。笑い方が姉弟でとても似ている。温かさを感じる笑みなのだ。こくりと、飲み込む。じわりと、なぜだか涙が出てきた。

「おいしい、です」

冷たく、喉に染み入る。ただの水を飲むことを怖く思ってしまった。なぜなら、もう結は血の匂いのかぐわしさを思い出してしまったから。

結はかつて、血を吸いたくならないように、咲良に怯えられた記憶ごと、なかったことにした。

けれども、しょせんそれは応急処置の、いびつなものだった。人間としての正常な機能をも狂わせてしまった。それが味覚に出たのは、結が殺そうとしたのが、結の吸血鬼としての部分で、『食欲』だったからだろう。

味覚を封じたのは、自分自身だったのだ。

再会したときの、咲良の態度の意味もいまなら何だったのか推測できる。咲良は覚えているのだ。どこまで覚えているかはわからない。けれども、少なくとも、結に抱いた恐怖を、忘れてはいない。

どうして、自分はもっと積極的に動けないのだろう。いつも受け身になってしまうのだろう。嫌われることをひどく恐れてしまうのだろう。……ようやくわかった。

だって、自分から距離をつめなければ、傷つけられることはほとんどなくなる。

——最悪なのは、吸血鬼の自分が、誰かを傷つけるのが怖かったわけではないということだ。そうじゃない。吸血鬼の自分が、怖がられるのが、怯えられるのが、拒絶されるのが怖かった。それは、吸血鬼である自分を忘れていても、生き続けていた。

「ごめん、なさい」

ユニを襲おうとしたことを謝っているのか、何に対しての、誰に対しての謝罪なのか、自分でも理解できていなかった。

「──結殿。私は、戦場で吸血鬼に会ったことがある」

結は顔をあげた。

「無論、結殿とは縁《えん》も縁《ゆかり》もない吸血鬼だろうが。残酷でな、嫌悪をもよおす相手だった。すべての種族が、人に友好的とは限らない。死を司る種のように。だから結殿が、アロス・ネグロは毒ではないと私たちとアドレー様をとりもってくれたときや、人間を心配していたとき、──ユニが無事だったからこそ言えることかもしれんが──吸血鬼にもこのような者がいると知って嬉しかったのだ。それも道理だな。ユニコーンにも私たち姉弟のような者がいる。叶うことならば、結殿らしさを大事にして欲しい」

唇を噛みしめて、結は頷いた。そこへ、大股《おおまた》で筐が歩いてきた。

「山嶺。悪いが少し実験させてもらうぞ」

静止する暇もない。発言と実行は同時だった。近くのテーブルにあったカトラリーからナイフを抜き取ると、筐は自らの手の甲に一閃《いっせん》させた。

──かぐわしい香りが漂う。

「瞳が深紅に。瞳孔《どうこう》の拡大。興奮状態か」

――なんて美味しそうな匂い。ああ、飲みたい。飲みたい。飲みたい。

「飲みたいか？」

必死に結は首を横に振った。椅子から立ち上がった。笙から、その傷口から漂う香りから逃げようと、走る。外へ。

「お待ち下さい、お客様。そのような状態で当店を出られますのは困ります」

ウェイターが立ちふさがる。行き場を失った結に、血の匂いが近づいてくる。

「お客様。他のお客様を刺激するようなことはお控えくださいませ。土曜日の夜ではないのです」

ウェイターが笙の手の傷口に手をかざす。ふっと、血の匂いが消えた。治してくれたのだろう。喉の渇きは、まだ微《かす》かに感じる。けれど格段に楽になった。一礼してウェイターが去った。

へたり込んだ結を笙が見下ろしている。立ち上がらせると、コーデリアたちのいるテーブル席に連れて行った。結は逆らわず従った。また、もとの椅子に腰掛けた。気遣わしげなユニコーン姉弟の視線を感じたが、顔をあげられなかった。情けなかった。

テーブル脇に立った笙が口を開く。

「取締局と連絡を取った結果、山嶺、君の現況は危険と判断された。いまの君では、血の匂いを嗅ぐだけで自制が利かなくなる。通常の吸血鬼は、血の匂いを嗅いだぐらいではそうはならない。——たとえ、腹が減っていても、だ。暴走の可能性に備え監視がつく。万が一の場合の静止役だ」

一旦言葉を切って、問いかけてくる。

「異論はあるか」

「……ない、です」

嘆息が聞こえた。

「監視は俺が担当することになった。監視しやすい立場にいるからな。それと、取締局で協力してくれそうな吸血鬼を探すそうだ。吸血鬼の生態については吸血鬼に訊くのが一番早い」

「それなら、山嶺さんの血縁者もあたってみては？」

蔵敷の声だった。一瞬、身体が震えてしまう。やはり、顔をあげられない。

「山嶺の血縁？」

「わたしの読みでは、山嶺さんの曾お祖母様か曾お祖父様あたりですね。……日本に食事しに、何人か吸血鬼が日本に渡ってきていたはずです」

「生きていると？」

「吸血鬼ですよ。たかだか百年程前に過ぎない。殺されたのでない限りは生きているでしょう」

第四メニュー

吸血鬼とロールキャベツ

今年の、桜が春を告げる四月、結はきっと何かが変わると大学に入学した。

蓋を開けてみれば、何も変わらなかった。

サークルには入ったものの、早々に辞めてしまった。どうしても、あれがダメだった。先輩後輩で行く、食事。サークルの先輩がおごり、新入生である一年生はありがたく御馳走《ごちそう》になる。それが、集まりごとに毎回ある。無理だった。食事を楽しめない結は、場を掘り下げるだけだった。それならと、バイトをすることを考えてみた。

しかし、迷いながらも自分で選択して作った時間割を見て、ため息をつくことになった。

世の大学一年生は、どうやれば平日にバイトを入れられるのだろう？

大学の時間割はスカスカなものだと噂《うわさ》では聞いていた。逆だ。むしろ詰まっている。必要単位をすべて取ろうとすると、月曜日から土曜日まで埋まる。

しいていえば、中途半端に間の時間が空くことがある、ぐらいだった。とてもバイトを割り当てられるような時間割ではない。

教授や講師が出席回数を重視しない講義はすべてサボって時間を作り、試験を攻略するという方法もあるにはある。前期試験では、それを実行している学生もいるようだった。なるほどと結は思った。何かを犠牲にして別の何かを手に取るのだ。

けれども、ぼっちの場合、そもそも講義に出ないでどうやって試験をクリアできるだろう。できるのは、毎回の講義内容を教えてもらえるような、豊富な人脈あってこそだ。結にはなかった。これでバイトも断念した。

よって、結は、大学生になって早々に、諦《あきら》めたのだ。

何かが変わることも、変えることもなく、ただ学業に専念することにした。

幸い、成績が良いのにこしたことはなかった。一年時の成績によっては、学部独自の奨学金《しょうがくきん》制度にエントリーして、給付型の奨学金をもらえる可能性もある。

大学には真面目に通い、講義には欠かさず出ているものの、それだけの生活。

それも、仕方なく、そうしている。

――仕方なく。しかし、案外、そうでもなかったようだ、と結はここ数日の間、思い直すことになった。

考えてみれば、いままで、毎日の食事の時間が苦行でも、ぼっちでも、大学に行きたくないと思ったことはなかったと気づいたからだ。ところが、このところは、毎日大学に行きたくないと思っている。寝付きも寝覚めも最悪だ。

筆に監視されながら日常を送るようになって、もう一週間が過ぎてしまった。付き合っているなどという噂まで出始めた。

というのも、講義以外でも、わざわざ落ち合っているからだ。

そして、現にそれで助かったことがある。紙で指先を切った。転んで擦り傷を負った。――ほんの些細《ささい》なものでも、血の匂いをさせている人間は結構多い。絆創膏《ばんそうこう》や包帯、何らかの治療がなされていたり、患部《かんぶ》が何かに覆われているならまだいい。

剝き出しだと最悪だ。

傷口が、血が、直に空気に接触すると濃厚な匂いが漂う。それを結は敏感に嗅ぎつけて、頭がクラクラするようになった。少しでも気を抜くと意識をもっていかれる。何度か、笙のおかげで正気に返った。いなかったらどうなっていたろう。傷口に嚙みついて血を吸い、事件に発展。相手が失血死するまで吸ってしまう？

以前なら、そんなことは絶対にないと言えた。いまは言えない。

眠いし、お腹が空いた。何を食べても満腹感が得られない。『すずらん』で食事をすれば、味はする。美味しいと感じる。しかし、空腹感は埋まらなくなってしまった。

昼休み、結は大学のカフェテリアで二人掛けの席で笙と向かい合わせに座り、机に突っ伏していた。

「月守さん」

「名字を呼ぶな」

「筀さん」

「それでいい」

筀の名前を呼んだ瞬間、近くの席がざわついたが、もはやこれに関して結は達観の域に達していた。

「吸血鬼のことなんですけど」

一応、小声で話した。

結が突っ伏す前、野菜ジュースを飲みながら文庫本を読んでいた筀の手が一瞬止まったようだ。ページをめくる音が止んだのでわかった。小声で返される。

「吸血鬼がどうした」

口ごもる。何か話していたほうが気がまぎれるから、とにかく口を開いただけだった。しかし開いた途端、つらつらと言葉は溢《あふ》れた。

「──吸血鬼って、よく、牙《きば》で血を吸うっていうじゃないですか。被害者の首筋《くびすじ》に穴《あな》が二つついて。でもあれって非効率的だと思いません？　蚊《か》みたいに、牙がストローの役割を果たすのならまだわかるんです。でも、伸びた牙を、皮膚《ひふ》に突き刺すとします。突き刺さっただけじゃ、血は飲めませんよね？　だから、吸血鬼も牙を抜きます。そこでようやく、ちょっとだけ血が溢れると思います。でも、舐めるぐらいの量だと思います。牙があっても役に立たないし、むしろ邪魔です。牙で穴を開けたところで深さはたかがしれてますし、あとは唇で吸うしかないと思うんです。それでも全然ですよね。牙がストロー化するか、勝手に血を吸収してくれるのなら牙の必要性がわかるんですけど。何なんでしょう、あの吸い方」

話している最中、一旦《いったん》は止まっていた紙をめくる音がし出していた。結が言い終えると、笙が野菜ジュースを飲みながら読んでいた文庫本を閉じたようだ。そんな音がした。

「山嶺。一つはっきりしていることがある。君は疲れている」

「自分でもそう思います」

「ちなみにだ。まさかとは思うが、吸血鬼に関して話したかったのはそれだけか」

「えっと……はい。終わりです」

「却下だ」

「え」

突っ伏したまま、閉じていた目を開ける。結は上半身を起こした。

「話題がくだらなすぎて気に入らん。別の話題を要求する」

そう言われても困る。

「――じゃあ」

悩んだ末、きっと答えないはずだと思いながら、結はある質問をした。

「笙さんは、人間の姿のときは、サラダを食べて、肉料理を毛嫌いしていますけど、本性の姿のときは、幻の豚肉を食べてましたよね。あれって、どういうことなんですか？」

「予想外だ。そうきたか」

笙が呟き、沈黙が落ちる。そして、空気が動いた。

「――俺は、高校まで自分が人間だと思っていた。その頃は名字も佐藤《さとう》だ。月守になったのは、同族の養子《ようし》になったからだ。不本意ながらな」

驚きに結は硬直した。

「育ててくれた両親とは血が繋がっていない。人間だ。しかし、俺はオオカミ男だった。オオカミ男は肉食だ。血の滴る生肉を好む。ある日、俺は変身した。そして、口に引きちぎった何かの肉を加えた状態で人間の姿に戻った。周りには、別のオオカミ男がいて、肉をむさぼり食っていた。……原点はそれだな。原因も。人間でいるときの俺と本性の俺は、本能の面において乖離《かいり》している。人間の姿でいるときは、俺は心の底から肉食を疎んでいる。自分で食うのはもちろん、他が肉を食っている姿すら見たくない。しかし、本性になった俺は心の底から肉を好むということだ」

「……ちょっと、似てますね」

結も笙も、自分が人間だと思い込んでいた。

「そうだな。君の監視は局員としての仕事ではあるが、個人的には君が現状を打破することを願っている」

笙のスマホが鳴った。どうやら、取締局からららしい電話は、ごく短時間で終わった。

「山嶺。喜べ。朗報《ろうほう》だ。探し人が見つかった」

「……本当ですか？」

返した声が震える。

「探し人の旧名は、エセル・ハンズボード」

「エセル……」

結の曾祖母の名前は、山嶺エセルだ。曾祖父と結婚する前は、エセル・ハンズボード？

笙が頷く。

「彼女が君の仲間だ。生きている。会えるぞ」

やはり、曾祖母が自分の種としてのルーツだった。取締局が調べるというので、結も自分なりに両親から聞き出していたことを提出していた。

けれども、吸血鬼の血縁者に会えるというのに、不思議なことに、ひ孫としての感動や喜びはあまりなかった。そのくせ、いまの状況をどうにかできるかもしれないというわらにもすがる思いはある。

「いつ、ですか？」

「決まっている。土曜日の夜に。『すずらん』でだ」

「わかりました」

――昼休みの終了を告げるチャイムが鳴った。

「山嶺は講義があるんだったな」

「はい……」

結の顔が青ざめる。次は、咲良たちと一緒の講義だった。

教室までの移動も、可能な限り笙の監視がつく。カフェテリアを出、文学部棟の教室入口まで、結はとぼとぼと歩いた。きちんと三食取っているのに、空腹感が消えないだけではなく、単純に、身体が重く、倦怠感《けんたいかん》がある。

教室の前に到着する。今回の移動は、血の匂いに振り回されることなく済んだ。

「行ってこい。俺は近くで待機している」

廊下で笙と別れる。教室には、すでに咲良たちの姿があった。あまり、息を吸い込まないようにして、できるだけ咲良から離れた、空いている席を目指す。

咲良は、腕に包帯を巻いている。約一週間前に負った怪我のせいだ。

そこから、かすかに匂いがする。しかし、まだ耐えることができている。咲良に対しては強い自制が働く。でも、同時に強い魅力も感じる。

言葉悪くいうならば——餌としての。

好奇の視線を浴びながら、隅の席に座る。

結の悪い噂が専攻クラス内で流れていた。咲良の怪我に関わった、というものだ。

あの件は、警察が来て事件として捜査され、犯人は傷害容疑で逮捕された。しかし、はじめに駆けつけたユニや笙、蔵敷、コーデリアについてはまったく話題に出ない。

にもかかわらず、結だけ注目されたのは、現場で咲良を介抱していた二人とクラスメイトであり、顔見知りだったということが大きいだろう。もしかしたら、結の異様な雰囲気を彼女たちに見られたせいもあるかもしれない。

気が重い。大学で再会したとき、最初に拒絶されてからは、何となく避けていた。

しかしいまは、結はあからさまに咲良を避けていた。その態度も、悪評を助けているようだ。勘ぐるだけの根拠を与える。

──土曜日まで、明日まで頑張ればいい。

思い出してしまった衝動を、何とかする術《すべ》が見つかるかもしれない。

咲良からの香りを意識しないよう、努める。

『人間は餌ではないのですか？』

蔵敷の言葉がことあるごとに脳裏をちらつく。心の中で結は反論した。

──私にとっては、餌なんかじゃない。

そのはずだ。そうでなければならない。

九十分の、長い長い講義が始まった。

講義がようやく終わった。結は机に顔を伏せていた。じっと耐える。

少し前までなら、長居などしなかった。ただし現在は、監視の笙が来るまで移動しないようにしている。学内をふらついて、濃厚な血の匂いを嗅ぎでもすれば、『食欲』に負けるかもしれなかった。──実際のところ、いつまで我慢できるだろう？　曾祖母と会っても何も改善しなかったら？　吸血鬼とはこんなに苦しいものなのか。

——あれ？　血の匂いが近づいてくる。

逃げなければ。立ち上がろうとする前に、声がかかった。

「山嶺さん」

——咲良ちゃん。

心の中で、苦い呟きが漏れる。実際は、緩慢に、彼女の名字を呼んだ。

「小松さん」

「どうして噂を放っておくの？」

「え……」

咲良と目を合わせてしまった。咲良は険しい表情だ。結を真っ向から見据えている。

怒っているようにも見える。でも、違う。耐えている。堪《こら》えている。

なぜなら、咲良の身体は小刻みに震えている。

——私を、怖がっているから。

咲良がため息をついた。

「わたしが怪我をしたの、どうしてだか山嶺さんのせいだってことになっているでしょう」

結を襲ったのは戸惑いだった。何を言えばいいのかわからない。

咲良が自らの腕に巻かれている包帯に触れた。

「この怪我をしたとき、フラッシュバックで気絶していたから、何があったかはわからない」

フラッシュバック？

「でも自業自得よ。もとはといえば、わたしが山嶺さんを尾行していたせいなんだから。そのせいで、以前からしつこくつきまとってきていた男に格好の機会を与えたってだけ。山嶺さんは無関係」

まっすぐに、咲良が見つめてくる。

「それなのに、どうして山嶺さんは何も言わないの？　あなたは無関係だって、あのとき一緒にいた二人や、他のクラスメイトにわたしが言っても悪化するだけなの。きっとあなた自身が否定しなきゃ、何も変わらない」

「言うことなんて」

「──昔のことも？」

ひゅっと結の息が詰まった。

「昔、山嶺さんとの間にあったことは全部覚えてる」

やはり、そうなのだ。結には咲良を見つめることしかできなかった。

「……山嶺さんは逃げ出したのよね。おかげでわたし、あなたが大嫌いよ。怖くてたまらないしね。血が出るような怪我をするといまでもパニックになる。——でもね、昔、あなたがわたしを助けてくれたんだってことも、忌々しいことに覚えてるの」

咲良の語気が弱くなった。

「……説明ぐらいしなさいよ。あのときも、いまも」

強く拳を握った咲良から、その近さから、動作から、まだ彼女の癒《い》えていない傷口からの、血の匂いが漂った。

「言いたいことがあるなら言いなさいよ」

——なんて香しい、いい匂い。

そう思ってしまう。

駄目だ。これ以上、ここにはいられない。こんなのは私じゃない。

「……何も」

鞄を摑む。手の甲に爪《つめ》を立てた。痛みで軽減しようとしたのに、ほとんど効果がない。『食欲』がいまにも溢れそうだった。

咲良の、食欲をさそう匂いから、結は逃げ出した。

教室を出る。出入り口の側には筐が待機していた。声をかける余裕はなかった。咲良のすぐ側を通り過ぎたときにもらった匂いの残り香が、なかなか消えない。

喉が渇く。

廊下をただひたすら進む。ウォータークーラーがあった。結は水を一気に飲んで自分を誤魔化した。

やっと土曜日の夜がやってきた。曾祖母に会う。しかし、それとは別のことが原因で、結は緊張に苛《さいな》まれていた。空腹感が薄れているのは不幸中の幸いかもしれない。

今日は、約束の時間に合わせて大学を出、『すずらん』に向かう予定になっていた。しかし、大学から『すずらん』までの監視員は、筐ではない。筐は、曾祖母の迎えと案内の担当になった。

他の取締局員になると思っていた結の予想は裏切られた。

代打は、取締局員ではない蔵敷だったのだ。

理由としては、仮に結が暴走した場合、安全に止められる者というと限られるということ。蔵敷は最適だった。筐が『すずらん』で蔵敷に遭遇した際、試しに頼んでみたところ、「いいですよ」と了承されたとのことだった。

——大学まで来てくれた蔵敷の対応は普通だった。いつもと変わらない。対して、結のほうはひどいものだったと思う。妙にぎくしゃくしてしまった。

——怖い。そう思ってしまう。蔵敷が怖いのだろうか？

たぶん、蔵敷の意識に感化されてしまうことが、怖い。だって結は、咲良を「しょせん人間」と思いたくはないのだ。どうしても抵抗感がある。

モノレールからホームに降り立つ。『すずらん』までは、あと少しだ。

しかし一瞬、気を抜いたのがいけなかったのか。結の横を通り過ぎていった乗客から漂った匂いに、頭が真っ白になる。息を止め、早足で階段に走る。駆け下りた。肩で息をする。降車客の波が改札に向かう。その間も、結は息を整えていた。やがて、はあ、と息を吐く。壁に手をついて寄りかかる。何とか、落ち着いてきた。

「なぜ山嶺さんは我慢するんですか？」

そこへ、蔵敷からの声がかかった。

「自分に逆らうのは辛いでしょうに。……こう言い換えることもできますね、無駄だと」

「私が暴れたら、蔵敷さんも困る、はずです」

「困る、ですか……。わたしのほうは困りはしませんね。わたしは取締局員ではありませんから」

ことをもなげに蔵敷が返してくる。「わたしのほうは困らない」。彼が似たような言い回しをしたことが、以前にもあったと結は思い出した。

「むしろ山嶺さんがこれ以上無理をしなければいいと思いますよ」

「蔵敷さんは――」

「何でしょう」

「アロス・ネグロが、ユニコーンにとってどういう料理か知っていたんですか」

蔵敷が青い瞳を少し見開いた。

「また、変わった質問ですね。こういうことでしょうか？　あの料理を出せば、ユニコーンの間でユニ君がどういった状況におかれるか知っていたか？」

「……はい」

「もちろん知っていましたよ。ユニコーンは迷信深いほうですからね」

蔵敷が柔らかく微笑む。

「しかし、わたしのほうでは問題はありませんし、彼が望んでいた以上、口を出すほうが野暮《やぼ》というものでは？」

理屈はわかる。なのに、でも、と結は思ってしまう。

「――わかりませんね。山嶺さんは何を不快に思っているのでしょうか？」

「大変なことになるかもしれなかった、じゃないですか」

「ああ、なるほど。ユニ君が注文しないように止めるべきだったと？　そういう思考ですか。しかし、それも山嶺さんが円満解決に持ち込みましたし――何にせよ、わたしが糾弾されるのは解せません。悪いことをしたともわたしは思っていませんよ」

たぶん、これは、結の言いがかりなのだろう。納得できる面も、納得できない面もあった。結の視線が揺れる。

蔵敷のことを、結は親しみやすいと思っていた。それは決して間違っていない。それも蔵敷の一面だ。

ユニが咲良たちを助けようとして、蔵敷がそれを否定したとき。そんなことを蔵敷が言うはずがないと反射的に考えてしまった。だから結は動揺した。ただ、結にとって都合のよい面ばかりを見ていたからだ。

相手の好ましいところだけ見て接していれば、自分は傷つかなくてすむ。

たぶん、結は『食欲』を殺したときから、幼い心を抱えたまま、ずっと立ち止まっている。かぶりを振る。

「変なことを訊いて、すみませんでした。『すずらん』までよろしくお願いします」

「ええ。承りました」

改札を通り、モノレール駅を出る。すると、空は晴れているのに、小雨が降っていた。通り雨だろうか。そのまま歩くことにする。しかし、『すずらん』への途中、バス停付近の歩道で、蔵敷が目を細めた。

「敵意は感じませんが、あの方、山嶺さんに用があるようですよ」

言われ、蔵敷が示した方向を見る。いたのは、お坊さん——袈裟《けさ》を着用しているのでおそらくそうだろう——と、着物を着たおかっぱの女の子だ。

「……あっ！」

おかっぱの女の子を見て、結はピンときた。全く服装が違うが、以前電車賃を渡した親子ではないだろうか。

「どうやら、お知り合いのようですね」

親子が近づいてくる。女の子が笑顔で結に握った拳を差し出してきた。

「ろっぴゃくはちじゅうえんとさんびゃくよんじゅうえん」

拳を開くと、ふっくらとした掌の上には硬貨がたくさん載せられていた。女の子が不思議そうな顔をする。

「ろっぴゃくはちじゅうえんとさんびゃくよんじゅうえん。かえす」

繰り返され、ようやく、結も動いた。少し汗ばんでいた数枚の硬貨を受け取る。

戻って来るとは想像もしていなかった、千二十円だ。

「ありがとう」

「先日は助かりました」

お坊さんが頭を下げる。坊主頭を掻いている。

「おかげで高尾山《たかおさん》に棲《す》んでいる知己のもとまで行けました。しかし、大層怒られました。いや、わたしどもの住所は確かに奈良の葛城山なんですよ。ただ、そこまで取りに行けるか阿呆《あほ》と。それもそうかと」

「父ちゃんあほう」

「お前……」

女の子の頭に片手を置いて、お坊さんが話を続ける。

「知己の知己には件さんという方がおるんですが」

「え。件さんですか」

「件さんに、あなたと会えるときを予言していただきました。ええ。会えて良かったです。お借りしたお金を無事返せました。なあ、お前」

「うん、父ちゃん」

　笑い合った親子だったが、女の子が、父親が手にしていたナイロン袋を引っ張った。それは、結のほうへと突き出される。

　何の変哲もない、ロゴが入ったスーパーのナイロン袋だ。中には、黄色く、鮮度の良さそうなある果物がごろごろ入っている。──レモンの山だ
「お礼の気持ちです。件さんが、レモンがいいだろうと。……お嫌いでしたかね？」

「あ、いえ！　レモン、大好きです。嬉しいです」

　ずっしりと重い袋を手に持った。

　結の家族の間でのみ通用することだが、レモンは特別なのだ。行事ごとでは、必ず出てきた。営んでいる定食屋でも、料理によく使われる。

「いやあ、おっかないのを連れているんで、一時はどうなるかと……おっと失礼しました。えー、いや、そちらも良ければレモンをどうぞ！」

　蔵敷に向かって父親が慌てて頭を下げた。

「いえいえ。お気になさらず」

「とうちゃん。じかん、おくれる」

「おお、そうか。それじゃあ、わたしどもはこれで。この足で葛城山に帰ります」

「お気をつけて」

結の言葉に、女の子が手を振る。

「ばいばい」

その小さな手を引いて歩き出していた父親が、付け加える。

「あ、そうだ。わたし、葛城山さんに棲んでいる小雨坊《こさめぼう》と申します。奈良へ来たときはぜひ立ち寄ってくださいよ」

親子の姿が駅ビルの中へ消えてゆく。それとほぼ同時に、小雨が止んだ。

「——蔵敷さん。あのお坊さんたちって」

「我々の側、日本の妖怪ですね。非常に律儀なようです」

「すごくすごく律儀です」

もらったレモンの入ったナイロン袋の中を覗き込む。自然と顔が綻ぶ。気のせいかもしれないけれども、感じ続けている渇きが少し軽くなった気がする。

しかし、傍らを見るとなぜか蔵敷が落ち込んでいた。

「えっ。どうしたんですか、蔵敷さん」

「山嶺さんを無事『すずらん』にお連れしようと気負うあまり、最初、あの方を少々威嚇《いかく》してしまいました。悪いことをしました……。敵意もなく本来の仕事に関係もない、無害な者を脅《おど》すとは、痛恨の極みです……！」

「こ、小雨坊さんは、気になされていないんじゃないでしょうか。レモンも、蔵敷さんにもとおっしゃっていましたし！　どうぞ！」

ナイロン袋から、形の良いレモンを一個選んで、蔵敷に差し出す。

「……わたしにですか」

「あ、私のほうがもらいすぎになりますよね。一個じゃなくて半分ずつにしましょうか？」

「いえ。そういうことではなく――レモンは、山嶺さんの好物とさきほど耳にしましたが」

「はい。メインで食べるのには向いてない果物ですけど」

「…………」

「蔵敷さん？」

「……では、一つだけいただきます」

何だか不思議そうにレモンを受け取り、眺めている蔵敷に、ふと気づく。そういえば、いつの間にか、結のほうも普通に蔵敷と会話をしていた。モノレール駅から出たときは、押し黙っていたのが嘘のようだ。

「レモンは、カレーの隠し味にもいいんですよ」

「――本当ですか！」


約束の時間より少し早く、結たちは『すずらん』に着いた。蔵敷とは入口で分かれた。リーラに案内され、入口にほど近い二人掛けのテーブル席に座る。予約席だ。

「お荷物を置く籠《かご》をいまもってきまーす！」

レモンの詰まったナイロン袋をどこに置こうか、結が思案していると、さっと飛び去っていったリーラが自分より何倍も大きい木製の籠をもってきてくれた。

「ありがとう」

「えへへ」

磨かれた床に置いた籠に、袋を入れる。

約束の時間を過ぎても、曾祖母は来なかった。そわそわとリーラが席周辺を飛び出す。だんだんと結も不安になってくる。

客が入口に現れるたびに、一喜一憂する。また扉が開いた。

入って来たのは笙だ。疲れた顔をしている。その後に、悠然《ゆうぜん》と一人の女性が歩いてきた。リーラが笑顔で飛んでいった。

「いらっしゃいませ！　二名さまですか？」

「別々で頼む」

カウンター席から蔵敷が笙を呼んでいる。そちらへ向かいながらも、笙は顔をしかめ、何か呟いていた。蔵敷と遭遇するとたいていい口にしている「嫌な予感がする」かもしれない。

「予約してあるわ。エセルよ」

「お待ちしておりました！」

リーラがふわふわと宙を先導する。結の向かい側に、その女性を連れてきた。立ち上がろうとした結を、女性が片手で制する。

「そのまま座っていなさい」

あのピンぼけの画像と体型は似ている。顔は……結にも、両親にも似ていなかった。華やかな美貌の持ち主だ。年も二十代にしか見えず、所帯を持ったことがあるとは信じられない。

「はい……」

「光次郎の血を引いているだけあるわ。雰囲気や仕草が似てる」

女性が席につく。リーラがメニュー表をテーブルに置いた。

「ご注文が決まりましたら、お呼びください」

「わかったわ。ご苦労様」

微笑んでリーラに頷き、女性が結に向き直った。まずは確認しなければならない。

「曾おばあさま、ですか？」

「あなた、ミツの孫なのでしょう？　ならそうなるわ」

ミツは、母方の祖母の名前だった。

「エセルよ。はじめまして」

「私は山嶺結です」

「そのようね」

会いたいとは思っていた。けれど、こうして直に対面してみても、結の中に、肉親に会ったことにたいする強い感情の動きはない。会えて嬉しいのは事実だ。けれども、嬉しさの質がどうも違う。戸惑いは、顔に出ていたのだろうか。

「そんなものよ」

結が怪訝《けげん》な顔になると、エセルが続けた。

「吸血鬼はね、血縁者への情が薄いの。群れでの行動はしないし、ときには吸血鬼同士で戦うわ。人間の言葉をかりるなら、徹底的な個人主義なの。気に入らなければむしろ血縁だからこそ殺してしまうかも。だから、わたしにとってあなたはひ孫だけれど、それはただの記号だし、あなたにとってわたしは曾祖母でも、これもただの記号」

「でも……両親のことは、ちゃんと好きです」

「それはあなたの人間の部分が人間に対してそう感じるからね。わたしにはないものだわ。わたしは吸血鬼と吸血鬼の間に生まれたの。両親はもういないわ。だけどまだ存在していたとしても、とくに感じるものはないもの」

「——なら、曾おばあさまは、どうして来てくれたんですか？」

「だってあなたには光次郎の血が流れているんだもの」

吸血鬼という種族に対してユニが言っていた「気位が高そう」との評。そのままの印象を、結もエセルに持っていた。

そんなエセルが、何の含みもない微笑みを浮かべた。

「単なる血縁者に興味はないけれど、光次郎のひ孫だと思えば優しくしてあげたいわ。まあ、こんな風に、子孫の代にわたしの影響が出るとは思いもしなかったけど。ミツは完全に人間だったのにね」

「……生きている吸血鬼だって言われました」

「そうね。ダンピールともまた違う。ダンピールはわたしたちより弱いもの。血も吸わない。その点、あなたは吸血鬼そのものね。同じ種族だからこそ、それがわかるわ。――でも」

エセルが言葉を切った。

「手を出して」

言う通りにすると、エセルの真っ白な手が結の手に触れる。反射的に結は身を竦《すく》めた。手を引っ込めそうになってしまった。……冷たい。

「体温があるように見せかけることは簡単よ。でも、これが吸血鬼の本来の体温。あなたは何もしていないのに温かいわね」

すっとエセルの手が離れた。

「生きている吸血鬼、ね。言い得て妙だけど、どういうことかしら？」

「私、どこか変、なんでしょうか？」

「変に決まっているわ。前例がないわね。わたしは吸血鬼の中でも、長く存在し続けているほうだけど、見てきた例では、子孫に吸血鬼の性《さが》が現れるとしても、どれもごく軽微だったもの。でも、気にすることはないわ」

エセルは本当に、どうということもないと考えているようだった。

「異端が生じるのはよくあることよ。あなたがそうであったというだけ。それで、どうしてそんなにわたしに会いたかったの？　取締局から要請があったときは驚いたわ」

エセルがテーブルに両肘《りょうひじ》をつき、手を合わせた。

「……教えてもらいたいことが」

「教えてもらいたいこと？」

「どうすれば、血を飲みたい気持ちをコントロールできるんでしょうか」

エセルが虚を衝かれたように無防備な顔を晒した。数秒の間をおいてから、結も予想だにしなかったことを口にした。

「そうね……その前に、質問されてただ教えるなんてわたしの柄《がら》じゃないわ。あなたにちょっとした課題を出そうかしら」

ふふ、と赤い唇が釣り上がる。

「課題……？」

「簡単よ。まだ何も注文していないでしょう？　あなたが、料理を注文しなさい。わたし、嫌いなものが多いの。たとえば、花が大嫌い。それから、人間の食べ物も当然大嫌い。でも、一品だけ、食べてもいいと思える料理があるわ。それを当ててごらんなさい。光次郎のひ孫としてね」

エセルの手元にあった、分厚いメニュー表が結の側に押し出される。

「そんな……」

『すずらん』のメニューが幾つあると思っているのか。その中の、たった一つ。

「難しく考えることなんてないのよ？」

「正解は、メニューの中にあるんですね」

「完璧な形ではないけれど、あるわ。それを当ててくれればいい」

結はメニューを手に取りかけた。しかし、最終的には、開かなかった。

簡単なこと。

そうエセルは言っていた。エセルが先ほど口にした、花が大嫌いという発言に、思うところがあった。結はいままで曾祖母も、曾祖父も、その存在を意識したことはなかった。せいぜい祖父母までぐらいで、結に直接的な影響を与えてきたのは両親だ。

でも、エセルがいたから、エセルと曾祖父が結婚したから、二人が結ばれた末に、いままで受け継がれてきたことが、結を育ててくれた家族の中にある。

実家の定食屋のことを思い浮かべた。

先ほどよこされたメニュー表を、エセルに戻す。

「あら、見なくていいの？」

「はい。注文していいんですね」

「どうぞ」

リーラを呼ぶ。二人分の、とあるメニューを注文する。

以前メニュー表を眺めていたとき、これだけは実家の定食屋のほうが、美味しいはずだと密かに自信を持っていたメニューだ。

「本当にあれでいいの？」

リーラが厨房《ちゅうぼう》に向かった後、エセルが口を開いた。

「はい」

冷ややかな笑みをエセルの口元が形作った。

「もし間違えていたら、わたしは帰るわ」

「自信があります」

「絶対？」

「絶対です」

結をまじまじと見つめたエセルが、ふっと口元を綻ばせた。

「……つまらないわね。からかいがいがないわ。光次郎だったらもっと動揺したのに。

そういうところはミツみたい。あの子は、わたしがからかうと意固地《いこじ》になったの」

ややあって、エセルが告げた。

「いいわ。教えてあげる。――血が飲みたいって話だったわよね？」

結の注文は、正解だったということだ。それは良いとして、問いかけられた内容に、愕然として結は首を振った。

咲良とのこと。食べ物の味がしなくなってしまったこと。『すずらん』でのことを話す。最後に訴えた。

「だから、飲みたくないんです！　我慢するコツとか……！」

「我慢する、ね」

ふふ、とエセルが笑う。最初の印象と違わない、馬鹿にしたような笑みだった。

「吸血鬼に我慢なんて似合わないわ。ねえ、飲みたいんでしょう？　なら、飲めばいいのよ」

「……そういうことじゃ、ないんです！」

なぜ曾祖母はこんなことを言うのだろう。

「――嘘つきね」

「嘘、なんかじゃ」

「大事なのはね、認めることよ」

「それじゃ……！」

何の解決にもならないではないか。

「そうかしら？　わたしは否定したくてたまらなかった自分を認めて、受け入れたわ」


——そして結は、エセルと光次郎の物語を聞いた。

結の曾祖母、エセルは、我慢はしないタイプだ。血も飲みたいときに飲む。吸血鬼も、食べようと思えば人間の食事をとれるが、エセルはそれをほとんどしない。

「不味いんだもの。味がしないの。あんな不味いものを食べたら吐いてしまうわ。光次郎に会う前に、人間の食べ物としてかろうじて許せていたのは嗜好品《しこうひん》としてのチーズとワイン。あとは多少の果物ぐらい。あれは雰囲気を楽しむものでもあるものね。飢えは満たされない」

あっさりとそう言ってのけた。

よって、血のみを主食とし、しかも相手は厳選する。当然、人間は餌でしかない。差があるとすれば、美味しそうか不味そうかだ。そんなエセルは、新たな食事場所を求めて来日し、結の曾祖父となる光次郎と出会う。

「光次郎は、最後の最後に食べたいと思うような餌だったの。わたしは好物を真っ先に食べるほうなのによ？」

吸血鬼としては、最大級の賛辞だろう。しかしそれは決して伴侶《はんりょ》に対するものではない。これが吸血鬼らしく、正しい、人間への評価なのだ。しかし現に、ひ孫である結が存在している。

「いま思えば、光次郎に対しては、餌としても、違った対応をしていたのね。あなたは、好物はいつ食べたいほうかしら？」

「……最後に」

「光次郎と同じね」

話は続く。光次郎は実に美味しそうな血の持ち主だったので、エセルは何か特別な日に飲もうと決めていた。

「でもねえ、貧しくて飲まず食わずだったのに、ようやく手に入れた食糧を通りすがりの人間にあげて自分は栄養失調になったり、給料を借金苦の友人に貸すどころか全部あげて困窮《こんきゅう》したり。愚《おろ》かすぎて、何かの拍子《ひょうし》に死にそうだったわ。血は、生きていてこそなの。死体から飲んでも不味いだけ。そもそも凝固してしまうじゃない？」

どうも、光次郎は極度のお人好しだったらしい。人を信じて騙されては他人の借金を背負う……どこかで聞いたような。

「曾おじいさまからの遺伝だったんですね……」

思わず結はそんなことを呟いていた。

「光次郎からの遺伝?」

「……騙されやすいんです。ミツおばあちゃんはどうだったかわかりませんけど、母も、私も」

「ふふ。お馬鹿さんなのね」

あんまりな言いようなのに、エセルの口元に湛《たた》えられた笑みは優しい。

「間違いなく光次郎の血筋だわ。その分、伴侶がしっかりすればいいじゃない?」

割れ鍋に綴じ蓋のような夫婦のあり方も、エセルたちがはじまりだったようだ。

——光次郎の身体は、どんどんやせ細っていく。せっかくの極上の血なのに、その前に死なれてはたまらない。なにせ光次郎はとっておきだ。

「餌の管理も吸血鬼の仕事よね」

エセルはこまめに光次郎を気にかけ、接触が増える。

「そのころからかしら、自分でも、餌に対して優しすぎると思い始めたのは。でも、あくまでもそれは『餌』へのものだと思っていたわ。光次郎は、このわたしが最後に食べたいと思うような御馳走だから」

しかし、転機が訪れた。

ある日、エセルは負傷して血を大量に失った。慌てることはなかった。負傷することはある。失われたものを補充すればいいだけだ。都合の良いことに、そばで管理していた絶好の極上の血の持ち主がいる。

ついに光次郎の血を飲む時がやってきた。とっておきの血は身体をよく回復させてくれる。

ずっと人間のフリをしていたから、エセルが本性を現せば、光次郎は逃げ惑い、命乞《ご》いするに違いない。それが楽しみですらあった。

「なのに、光次郎ったら、微笑みながらこう言ったのよ？『どうぞ』って」

おかしそうに、少女のような笑い声をエセルが立てた。そして真顔になった。

「――無性に腹が立ったわ。餌ごときがわたしを馬鹿にするなんて」

そんな態度をとれるのは、まだ傷つけられていないからだ。少し血を流せば、恐怖を自覚するだろう。これまでの餌はそうだった、とエセルは続けた。

「光次郎の望み通りにしたのよ」

エセルは光次郎の血を飲もうとした。首筋に噛みつくはずだった。しかし、噛みつくことすらできなかった。血を欲していた。それは頭ではわかっている。だが、飲めなかった。――飲みたくなかった。

「大慌てだったのは光次郎よ。自分で身体に傷をつけてわたしに血を飲ませようとまでして」

それでもやはり、エセルは口を開けることすらできなかった。

「――許せなかったわ。自分自身が」

「……許せない？」

「だって、誇り高き吸血鬼としてありえないでしょう？　餌を餌として思えなくなっていたなんて。だから、当たり前のはずの食事ができない、なんて」

観念したかのような声音でエセルが言葉を紡ぐ。

「光次郎の血なんて――愛する人の血なんて、飲みたくない。それがわたしの本音。嘘偽りのない欲求。まったくそんな自覚をしていなかったのにね。吸血鬼が、人間の血を飲みたくないなんてね、滑稽《こっけい》だわ。そして愚か。絶望したわ」

己《おのれ》を嘲《あざ》笑うかのような笑みが、その美しい顔に浮かぶ。

「もう自分を殺してやろうかと思ったわ」

エセルから、ふっとそのいっそ恐ろしい笑みが消え、彼女は息を吐いた。

「餌を愛する吸血鬼なんて、吸血鬼としては失格よ。わたし自身も許せない。……でもね、そんな自分を、認めるしかなかった」

それほど、エセルは――曾祖母は、曾祖父が好きになっていたのだ。

「光次郎は馬鹿のつくお人好しで、わたしが吸血鬼だっていうことも受け入れてしまうんだもの。頭の柔軟さは類を見なかったわね。でも、どういう思考回路をしていたのかしら？　わからないわ。……あとは、あなたもだいたいは知っている通りよ。光次郎と結婚して、子どもを生んだの」

エセルが、曾祖父との出会いを話し始めたとき、大人しく聞いてはいたが、結はなぜ、と思っていた。なぜ、こんな関係のない話を。

――違った。関係は、ある。

「どうかしら？　言っている意味がわかった？」

結は唇を噛みしめて首を縦に振った。曾祖母と結は、逆なのだ。

――認めること。

エセルにとって、光次郎の血を吸えないなどということは、認めがたいことだった。それは、吸血鬼としての自分を否定しているも同然だ。吸血鬼としても、定義から外れてしまっている。人間が人間を愛するように、吸血鬼が人間を愛する。エセルの気質からは、耐えがたかったことだろう。

それなのに、受け入れた。

「曾おじいさまの血を吸えなかったのだとしても、もし、曾おばあさまが、曾おじいさまへの気持ちを、認めていなかったのなら？　どうなっていたんですか」

「さっきも言ったでしょう？」

吸血鬼としての死を選ぶ？

結はかぶりを振った。

「もう一つ、ありますよね。曾おじいさまを」

「その先を口に出すのは、たとえ仮定であっても許さないわよ」

誇り高い吸血鬼としての自分をエセルが選ぶのなら、手っ取り早い方法は、彼女にとっての例外を消してしまうことだったはずだ。光次郎を殺してしまえば、きっと誤魔化せた。

「いいこと？　わたしは吸血鬼らしくない自分を、認めて、受け入れたの。わたしの場合、光次郎に限ってのことだけれど。光次郎の血だけは、飲んだことはないわ。それはね、山嶺エセルの誇りよ」

吸血鬼としては、間違っていても。

「……はい」

エセルが美しく微笑む。やはり、曾祖母という認識はあっても、血縁の情のようなものは湧き上がっては来ない。ただ、エセルという吸血鬼が好きだと結は思った。

「──お客様。お待たせいたしました」

料理をウェイターが運んでくる。

結の分と、エセルの分。

丸皿に広がっているのは赤いトマトのスープ。スープの中央にあるのは、たっぷりとソースの色がうつるまで煮込まれたキャベツの葉で包まれた塊。

結が注文したのは、ロールキャベツだ。

「ありがとう」

ロールキャベツを目にしたエセルの口元が綻ぶ。

「あの……実家は、定食屋なんです」

「そう」

「一番人気で、一番美味しいのが、ロールキャベツなんです。でも、実家のロールキャベツはちょっとだけ変わっていて、『たっぷりチーズのロールキャベツ』。ソースはトマトソースで、キャベツが埋もれて見えなくなるぐらいチーズ一色なんです。それで……」

「──知ってるわ」

微笑んだエセルが続ける。

「キャベツで包んだその中にもチーズがうんざりするほど入っているのよね」

「はい。そうです」

「おまけに隠し味とかいう名目でレモンが入っているの。それはまだ理解できるとしても、レモンも丸ごと、ロールキャベツと出てくるのよ。観賞用ですって」

「観賞用、ですか？」

「ええ。いい香りだからって。あれは光次郎がきっと好きだったのね」

「曾おじいさまが、好きだった……」

母のことを考える。祖母のミツから伝わり、母も真似したこと。たぶん、ミツが真似したのは光次郎だ。だから、てっきりエセルも理解していると疑いもしなかった。

エセルは知らない？　曾祖父は口では伝えなかったのだろうか？

「ロールキャベツは、光次郎がね、わたしにも食べられるものはないかって作ったの」

楽しげに食事を開始しながら、エセルが思い出し笑いをした。

「血の代わりに吸血鬼に食べられそうなものって、あなたは何を連想する？」

「トマト、です」

「そう。血と同じように赤いから、吸血鬼にトマトを食べさせようなんて、一体誰の発想なのかしらね？　わたしは外国の出身でしょう？　だから、和食でもいけない。結果が、ロールキャベツよ。それから、わたしは嗜好品としてはチーズは食べる。ワインも飲む。それから、光次郎自分の好物としてのレモンね。光次郎は全部混ぜたのよ。完成したのが、チーズまみれで、レモンがまったく合っていない見苦しい食べ物」

「……味は？」

美味しかったのだろうか？

「不味かったわ。ちっとも美味しくなかった。レモンは酸っぱいし、ワインの芳香《ほうこう》なんて死滅していたわ」

でもね、とエセルが続けた。

「味はあったわ。素朴《そぼく》な味。不味いのには変わらないのに、嫌いじゃなかった。人間用の食べ物なのに、吐き出そうとは思わなかったもの。――それに比べて、このロールキャベツはさすがね。『すずらん』のシェフは特別だわ。このわたしに対してさえ、人間の食べ物を美味しく感じさせる。極上の血を飲んでいるみたい」

『すずらん』のロールキャベツは、たっぷりのトマトスープで煮込まれている。キャベツは煮崩《にくず》れせず、柔らかくなった葉には青々しさが残っている。かんぴょうがしっかりと巻かれた形は整然としていて少しの崩れもない。

結も、ロールキャベツを味わってみる。キャベツの色を見て、味はあっさりしているかなと思っていた。とんでもなかった。中の挽《ひ》き肉にトマトソースが染みこんで、とろとろだ。ともすれば濃く感じそうなところを、包んだキャベツが緩和《かんわ》してちょうどいい味わいになっている。

今日もシェフの料理は素晴らしい。でも、これだけは、実家の味のほうが、結は好きだった。思い出の中でしか、その味はないけれども。曾祖父の光次郎が、エセルのために、試行錯誤して作った隠し味にレモンを入れたチーズたっぷりのロールキャベツ。それが、実家の定食屋には受け継がれている。

レモンの味を生かすのは難しいので、何度も試しては作り直した。いまでも改良は続けている。家族の行事ごとにも登場する。このときはロールキャベツと一緒に丸ごとのレモンも出る。

「私……実家の、あのロールキャベツが大好きなんです。おばあちゃんが、母によく作ってくれたって」

「そうなの？　ミツはね、洋食嫌いだったのよ。光次郎がロールキャベツを作るたびに嫌そうな顔をしていたわね。ワインはね、光次郎に入れるなって言ったら、入れなくなったわ。なのにレモンは諦めないんだもの」

エセルが首を傾げる。

「おかげで、レモンも食べられるようになったわ。香りも……嫌いではないわね。光次郎に負けたわ」

これで、結は確信した。子孫にはしっかりと伝わって受け継がれているのに、光次郎は伴侶であるエセルには、レモンのことを何も言わなかったのだ。

エセルがナイフとフォークを置いた。

「――こんなに美味しいのに、光次郎の不味いロールキャベツのほうが恋しいなんて、屈辱だわ」

彼女が曾祖父の名前を呼ぶときの声は、とても甘くて優しい。

「曾おじいさまは、亡くなった、んですよね」

「当たり前でしょう？」

けれども、吸血鬼は、人間を変えることができる、と本に書いてあった。あれがどれだけ真実を反映しているかはわからないが、実際、可能だったのではないか。

「光次郎は人間だもの。そして――人間はすぐ死んでしまう。……いっそ、吸血鬼にしてしまえば良かったかしら」

やはり、できたのだ。ならば。

「曾おばあさまは、どうして」

曾祖父を吸血鬼にしなかったのだろう？

「光次郎が人間でいたがったから。光次郎はね、自分が吸血鬼だったら、きっとわたしを怖がっていたんですって。『君、強そうだから』って、失礼よね。まったくそんなことは知らない、わからない人間だったから、好きになって、わたしが吸血鬼だって知っても、いいかって思えたんですって。――だからね、光次郎は人間のまま死なせてあげたの。わたしってなんて優しいのかしらね」

ああ、けれども。きっと、エセルは、光次郎を吸血鬼にしたかったのだ。そうすれば、いまも一緒にいられた。

「後悔、していませんか」

「……そうね。しているのかも」

エセルが小首を傾げた。妙に頼りなく、はかなげに見えた。

「幸せか、そうでなかったと問われれば、幸せだったわ。だけど、わたしは吸血鬼として得るはずのないものを得たかわりに、吸血鬼としての誇りは喪ったわ。争いなんて大好物だったけど、光次郎はそういうのがむしろ苦手だったから、わたしも控えるようになった。戦いを挑まれても、光次郎の顔が浮かんで戦意がなくなるの。いまでもよ？　なんてことかしらね。……悪くはないのよ。わたしはそれを受け入れている。でも、悔しいわ。あなたがロールキャベツを注文して嬉しいと思ったわたしが。光次郎の血を引いているというだけで、きっとこんな話をしているわたしもね。光次郎と出会う前のわたしなら絶対にしなかった。何より」

間があく。

「たまにどうしようもなく会いたくなるの」

誰に、とは問うまでもなかった。

「親しい仲間もいたわ。その仲間が灰になって消滅したときも、喪失《そうしつ》を受け止めた。いないものはいないの。理不尽《りふじん》な願いは抱かない。それが吸血鬼よ。なのに、会いたいなんて」

変ね。

寂しげな呟きが漏れた。

ゆったりとした時間が流れる。思い切って、結は切り出した。

「……曾おばあさま。花言葉ってご存じですか？」

まずは、念のために、確認してみる。

「一つだけなら知っているわ。同族がよくある花を贈っていたから。贈られた者は自分が標的だと知る遊戯《ゆうぎ》ね。そんな同族も、最期は同じ花を贈られて倒されたわ」

そんな花があるのだろうか。

エセルが毒のある笑みを見せる。

「スノードロップ。贈る場合の意味は、あなたの死を望む。それにしても、花言葉なんて、あなたは花が好きなの？」

「たぶん、人並みには」

意味を知った上でスノードロップを贈られた場合は別として、贈られれば嬉しい。

「曾おばあさまは花が大嫌いなんですものね」

だから、光次郎は変化球を選んだのだろう。

「光次郎がいなくなった後は、ますます嫌いになったわ」

「それは、どうして」

「美しく咲いているのは一瞬で、すぐ枯れてしまうでしょう？　何も残らないわ」

「残るものもあると思います。曾おじいさまがいたから、私も生まれたんです。それに」

結は床の籠に手を入れた。レモンを一つ取り出す。それをテーブルに置いた。

エセルが整った眉をひそめる。

「どうして？」

結でもエセルのものでもない、凍るような声が響く。ケセランパセランの生演奏が止んだ。


「あなたも、あの騎士《きし》のように私を裏切るのですね？」

異変は、テーブル席の一角で起こっていた。細身の美しい女性から水が滴っている。

「裏切るのではない。しかし君は手配犯だ。『すずらん』だからこそ、こうして君と邪魔されることなく、話すことができる。だが外へ出ればどうだ？　追っ手がかかる」

「……修羅場《しゅらば》かしら。水の妖精ウンディーネに、男のほうは……種の特徴が薄いわね」

エセルによると、女性はウンディーネらしかった。ウンディーネが立ち上がり、彼女の周囲の水が生き物のようにうねる。

「『すずらん』では、争いは禁止です！　落ち着いて下さい！」

ピクシーのウェイトレス、リーラがパタパタと飛んでいって、ウンディーネへと抗議する。声を張り上げ、店の奥へと呼びかけた。

「せんぱーい！　ウェイター先輩！　来て下さい！　シェフでもいいですからー！あー、もう！　両方とも材料取りにいっちゃうなんて、あたしだけなのにー！　こんなの無理です！　任せられても困りますー！」

ウェイターの姿は店内になく、カウンター内キッチンでいつも働いているシェフの姿も見えない。

「お客様！　どうか……」

「黙りなさい」

水がリーラを打ち付ける。

「きゃ！」

リーラが吹き飛ばされ、地面に落下した。

「リーラちゃん！」

結は小さなピクシーのウェイトレスを拾い上げた。

「あらあら大変」

自らの椅子に座ったままのエセルが暢気な声をあげる。

「曾おばあさま！　見ていないで……」

「そういうところは、人間の光次郎譲りね。好ましいわ。でも、わたしは吸血鬼なの。興味がないことやどうでもいいことには指一本動かしたくないの。大丈夫。ここは『すずらん』。誰かがどうにかしてくれるわ」

エセルは平然としているが、ウンディーネの連れであったはずの男性が床にたたきつけられた。水がカミソリのようにその皮膚を切り裂いている。

「あら、いい匂い。そう思わない？」

生唾を呑み込んでしまった。首を振る。せっかく、この一時間ほどは、気分が凪《な》いでいたのに。

「曾おばあさま、止めないと」

「止めたいの？　ならあなたが止めればいいわ。わたしは止めたくないもの。……あら、その目、わたしに助けて欲しいの？　自分では何もしないのに？　血の匂いがしただけで、何も出来なくなってしまうのに？　――大丈夫。言ったでしょう。誰かがやってくれるって、ほら」

巨体のオオカミが――変身した笙だろう――うなり声をあげてウンディーネに飛び掛かった。水が、その毛皮を傷つける。

「痛そうねえ。それにいい匂い。もっと嗅ぎたいわね」

「曾おばあさま？」

エセルが、信じられないことをした。食事用の予備のカトラリー。そこからナイフを一本抜き取って、笙に投げつけたのだ。気配を感じた笙は飛び退いて避けたが、次々とエセルは攻撃を加える。

「さすがオオカミ。すばしっこいわ」

自由になったウンディーネの怒りが笙に向かう。エセルの攻撃も止まない。他の客たちは動かない。ルールだから？　関心がないから？

リーラを両手で抱える結は、しかし、動けなかった。血の匂い。美味しそう。飲みたい。飲みたいなら飲めばいいじゃない。我慢する必要はない。それが自然なことだから。でもそんなの、人間としては、おかしい。

ウンディーネからのひときわ強い水のしぶきが笙へ飛ぶ。これは避けたが、今度はそこへナイフやフォークが一斉に向かう。

しかし──動けない。ぎゅっと結は目を閉じた。また香りを強くするだろう血の匂いに耐えるために。

が、香りは強くならない。

かわりに、ナイフやフォークが打ち落とされる音がした。

恐る恐る目を開ける。

見えたのは大鎌だ。フードを被った骸骨男——蔵敷がエセルの攻撃を防いだ。

「あら。邪魔するの？　死神が？　世も末ね。傍観しているのが常のくせに」

「何しろ、ここは『すずらん』ですから。『すずらん』のカレーライスを愛食していますし、被害が拡大するのはいただけません。それに劣勢の立場に味方をしたくなる性質なのです」

「あなたたちの種って、ねじくれているから嫌いだわ」

にっこりとエセルが微笑む。

「本気出そうかしら」

「曾おばあさま……」

「あなたはそこで見ていらっしゃい。何もしなくていいのよ」

命令だった。嫌だ、と思った。ただ見ているのだけは嫌だ。血の匂いに惹きつけられる。人間なら、こんな風にならないのに。結は唇を噛みしめた。

私は人間でいたい。人間から外れた存在にはなりたくない。吸血鬼の自分なんて、認めたくない。受け入れたくない。拒絶したい。

でも、と思う。

エセルの昔話が脳裏に蘇る。

曾祖母は、吸血鬼であるのにもかかわらず、まるで人間のように、人間である曾祖父を愛した。吸血鬼としては、逸脱している自分を認めて、受け入れた。吸血鬼のままで。当たり前だ。吸血鬼は、吸血鬼で、人間にはなれない。

――血の匂いを香《かぐわ》しく思うのは、人間だろうか？

人間を餌とは思いたくないし、いまもそうは思えない。けれど、その血を欲してしまう、吸血鬼の性を自分は持っている。これは事実で、誰にも変えられない。結自身であっても、ねじ曲げることはできない。できたのは、味覚を殺してしまったように、せいぜい、問題をなかったことにして、後回しにすることだけ。

――そう、私は血を飲みたい。飲みたくてたまらない吸血鬼だ。それが自分なのだ。

どんなに否定しても、それが事実だった。

認めること。忌避せず、自分を受け入れること。諦めとも、少し違う。それが、無理なく、胸の中に染みこんでくる。

吸血鬼としての欲は感じられる。飲みたい気持ちがあることは知っている。

そうだ。そういう気持ちはある。

血の匂いはする。――耐えがたい食欲を覚えるほどではない。

大丈夫だ。頭も、ちゃんと働く。血の匂いに翻弄《ほんろう》されずに、動ける。

ここで立ち尽くしていたくはない。

殻に閉じこもって、ずっと留まり続けていた場所から、一歩を踏み出したい。

叫んでいた。

「嫌です！」

「あら……？」

いまだ気絶しているリーラをテーブルに横たえる。さきほど置いたレモンを掴んだ。

結は大股で歩いた。エセルに近寄ると、レモンを彼女の顔の前に持っていった。

「曾おばあさま！」

エセルに近寄ると、レモンを彼女の顔の前に持っていった。

「――『真実の愛』。それが、レモンの花言葉です」

「…………」

エセルは動きを止め、目を見開いている。

「騒ぎに便乗《びんじょう》したのは、私を追い詰めて、行動させるため、ですよね？」

吸血鬼にも、人間にも、どちらにも振り切れない結を見かねて、この場を利用して、エセルはわざと追い詰めたのだ。

「……違うわ。吸血鬼はね、争いごとが大好きなの」

「嘘です。自分で言っていたじゃないですか。戦おうとすると曾おじいさまの顔が浮かぶって。吸血鬼が争いごとを好むのだとしても、山嶺エセルはそうじゃありません」

「………………」

エセルが困り切ったような顔をした。結が持っていたレモンを両手で丁寧に持った。

「……真実の愛って？」

「曾おばあさまが花を嫌いだから、曾おじいさまは、たぶん果物を考えたんだと思います。それに、レモンは、たぶん、ちょうど曾おばあさまが日本に来たころに日本に伝わった果物なんです。だから、これしかないって思ったんでしょうね」

「でも、光次郎はわたしには……」

結は苦笑した。

「これは私の想像ですけど、曾おじいさまは勘違いをしていたと思うんです。『真実の愛』『誠実な愛』『愛の忠誠』……これは全部、レモンの花言葉なんです。実を贈るのは、ちょっと違うんですよね。勘違いに気づいたから、言えなかったんじゃないでしょうか」

けれども、込められている想いは本物だ。

「間違っているんですけど、わが家では、通じるんです。祖母が母に教えたそうです。母はそれを真似て、父にレモン入りのロールキャベツを贈ったんです。わが家の伝統です」

愛する人に、レモンの花ではなく、レモンを。

「じゃあ、あなたも、愛する誰かができたら、同じようにするの？」

「そうできたら、いいと思います」

「そう……残るもの、ね」

小さくエセルが笑った。そっとレモンに唇を寄せる。閉じた彼女の目元に涙が微かに光った。

「嫌だわ。このわたしが」

それを不本意そうにエセルがぬぐう。

「――ひ孫に甘い吸血鬼ですか。いい話のタネになりそうです」

大鎌をおろした蔵敷が口を開くと、エセルの形相が一変した。

「死神。吸血鬼をなめないで頂戴《ちょうだい》」

「舐めるなんてとんでもない」

一歩下がった蔵敷が、つと結に顔を向ける。

「山嶺さん、もう大丈夫そうですね」

指摘されて、頷く。

「……みたいです」

血の匂いがしても、セーブできるようになっている。受け入れてしまえば、ごく自然にできるようになっている。ただ、そのことが結には難しかった。

「あとは、わたしとしては人間を巡っていずれ対立しないことを祈るばかりですが」

「死神が祈るなんてぞっとするわ。気に入られているのも最悪ね？」

「……曾おばあさま」

「わたしは悪くないわ」

そこへ、戦闘意欲を失っているウンディーネの身体をくわえ、オオカミが乱入してきた。ウンディーネを口から離すと、人間の姿へ戻る。服がひどいことになってしまっている。

「俺は感謝を要求する。山嶺、君たちが話し込むと同時にウンディーネを捕まえ、かつ話が終わるまで空気を読んで待っていたんだぞ」

「あらご苦労さま」

エセルは飄々《ひょうひょう》としている。しかし大切そうにレモンを持っている。

「さらに言わせてもらうならだ、山嶺。君の曾祖母の攻撃のほうがきつかった。蔵敷の姿を発見したときに感じた嫌な予感は、やはりあたった」

恨みがましい口調だ。

「待ってください。わたしはなんら関与していないと思うのですが……濡《ぬ》れ衣《ぎぬ》というやつではないでしょうか……？」

蔵敷は納得いかない様子だ。

「感動の雰囲気になっているようだが、とばっちりを受けた俺は許さんぞ」

「ごめんなさいね？　あなたに対してはとくに悪いことをしたなんてこれっぽっちも思ってもいないけれど謝るわ。ああ、『すずらん』まで案内されたときも、道中で少々わがままを言ったかしらね」

「……少々？　あれが」

笙は愕然とした様子だ。

「そうだわ。ひ孫と仲良くしていてくれそうなのは感謝してもいいわね」

「これほど誠意のない謝罪をはじめて聞いたぞ俺は」

「これは、何と……」

どこからか、ウェイターが現れた。店内の惨状に唖然《あぜん》としている。ウェイターの無表情がこれほど崩れるのを見たのははじめてだ。しかしさすが、立ち直りも早い。

「――これはこれは。お客様方。シェフ共々、そしてかわりにお詫び申し上げます。こら、リーラ。起きなさい」

「うーん。シェフ、先輩、はやく戻ってきてくださーい……」

騒動後の『すずらん』は、無礼講《ぶれいこう》の宴会会場さながらになった。

シェフとウェイターが不在の間に起こった出来事に対する、店からの謝罪だ。今夜だけ、好きな料理を無料で注文できる。話を聞きつけた会員客たちがわざわざやって来ているほどだ。そのうち、とうとうバイキング方式になってしまった。客たちが注文し合い、互いが互いに振る舞った結果だ。結が料理を皿に取り分けていると、

「にゃーん」

足元に黒猫がすり寄ってきた。琥珀色《こはくいろ》の目をし、首に赤いリボンを巻いている。ただの猫……ではないのかもしれない。結は取り皿をテーブルに置き、黒猫を抱き上げた。撫《な》でてみる。素晴らしい毛並みだ。

「ふわっふわですね……」

顔を寄せると、黒猫が結の頬を舐めた。

「にゃー」

「世界で一番の毛並みかも……」

こちらの言うことがわかっているのだろうか。黒猫がごろごろと喉を鳴らした。

「それは誇張だろう」

山盛りのシーザーサラダが盛られた皿を手に、通りかかった笙が感想を述べる。怪我はウェイターによって治されている。本性を現している客が多い中、人間の姿だ。

「にゃー」

「――聞き捨てならんな」

笙が猫と見つめ合い、目を細めた。会話をしているようだ。

「受けて立とう」

何を受けて立つのが不明だが、受けて立たないで欲しいと切実に結は思った。が、言うが早いか、変身してしまった。巨体のオオカミが結を睨んでいる。

「よし。撫でろ。どちらの毛並みがいいか、判定を要求する」

そんな話をしていたのか。これは、撫でないとどうにもならない事態らしい。

「し、失礼します……」

笙も意外と柔らかい毛並みだった。勝負を受けて立つだけあった。これはこれで良いのではないだろうか？　抱き枕か敷き布団にしたいほどだ。

「そこじゃないな。背中だ」

「あ、はい！」

「にゃー！」

笙の要望に応えて撫でていると、黒猫から怒られた。

「はい！」

「――結さん。何やってるの？」

そんな結に呆れたような視線を送りながら、ユニが声をかけてきた。ユニはスマホを片手に持ち、人間の姿だが、コーデリアは本性の、角のある純白の馬で現われた。

「来てたんだね」

「うん。支部長がさ、ほらカミングアウトしてから、よくすずらんにユニコーン同士で行かないかって誘ってくるようになって」

あっち、とユニが示した方向には、角を持った白馬が三体。店内で五歳ほどの、翼のある幼女を背中に乗せている。遊んでいるようだ。

「それと聞いたぞ結殿。何やら問題が解決したようだな。良きことだ。ところでだ、私は額から鼻先にかけてすっと撫でられるのが好きだぞ」

「お姉ちゃん……」

げんなりした様子でユニが言う。コーデリアのこの発言は、要するに、撫でろ、ということだろうか。

「え、でもいいんですか？」

「お姉ちゃん、撫でられるの好きなんだ。ああ言ってるんだし、結さんは汚れなき乙女なんだから、何一つ問題ないと思うけど」

「……その汚れなきっていうの、止めてほしい……」

がっくりと結は項垂れた。黒猫の毛皮に顔を埋める。

「ユニコーン流の最大級の賛辞だよ？」

「その通りだぞ、結殿。さあ、撫でてくれ」

コーデリアの真っ白な鼻先に掌を置く。コーデリアが目を閉じた。しばらく、三者を撫でていると、ユニが店内の一角を見据え、首を傾げた。

「結さん。死神さんのことなんだけど」

「蔵敷さん？」

「なんかまたピンクの空気を出してるんだよね。リア充っぽくて攻撃したくなるから何とかしてあげてよ。結さん関連だと思うんだ」

「私……？」

言われ、見てみる。すると蔵敷と目が合った。蔵敷が咳払《せきばら》いしながらこちらに歩いてくる。マントのフードを深く被り、照れているようだ。何だろう？

「山嶺さん。不覚ながら、宴会が始まってから思い至ったのですが。受け取ったときは、そのようなこととは露《つゆ》ほども想像せず……」

「はあ……」

結は相づちを打った。

「なんだか、壮大な勘違いの予感がするな。ユニや取締局員殿はどう思う？」

「リア充になったら死神さんは敵」

「興味ないな」

「にゃー」

コーデリアを皮切りに、最後は黒猫まで加わって好き勝手に言っている。

「やはり、こういった場合は返事をする必要があると申しますか……」

蔵敷の骨がカタカタと揺れた。

「やはりですね、レモンをいただいたからには――」

「ち、違うんです！」

蔵敷の口からレモンの単語が出て、結も察した。エセルに向けてしたレモンの話は蔵敷も聞いていた。そして、その前に、結は蔵敷にレモンを渡している。

取りようによっては、告白になる。しかし自分が告白など蔵敷に失礼だ。

「た、他意はまったくありません！　お礼とおすそわけの意味のみで！」

「よし！」

ユニがガッツポーズをした。

「こらユニ！」

「そ、そうですよね……。わたしに『真実の愛』などありえないと思っていたんですよ……」

気まずい沈黙が落ちる。

「――でも、あのレモンはいただいたままで良いですか？」

「も、もちろんです！　……そうだ。レモンを使ったカレーの隠し味ですけど、黄色い皮の部分をみじん切りにしてかけると爽《さわ》やかな味になります！」

「なるほど、爽やかにですか……！　ありがとうございます」

笑いながら、互いに少し頭を下げ合う。

「まあ。ひ孫に物騒な虫がたかっているわ」

結が籠に入れておいたレモン入りのナイロン袋を持ったエセルが近くに立っていた。

「――ご自身のことでしょうか？」

「可哀想なこと。眼球がないから物事がよくみえないのね」

険悪な空気を醸し出す蔵敷とエセルを避けるようにして、小皿を手に、リーラが飛んできた。

「お客様ー。――きゃっ！」

本能がうずいたようで、黒猫がリーラに向かって前脚を伸ばす。

「いーやー！　ケット・シーに襲われるー！」

リーラの手から小皿が落下し、黒猫が結の腕の中から飛び降りる。リーラを追い、あっという間に見えなくなった。

小皿をうまくキャッチしたのは、人間の姿に戻った笙だ。小皿を結に向ける。

「あのウェイトレスの目線、呼びかけていた位置からして、これは君にだと思うぞ」

そこに載っているのは、レモンの薄切り。

「そうよ。わたしが切ったの。それを出してもらったわ」

エセルが言う。たぶん、これの出所は、いまエセルの手にあるナイロン袋だろう。

「試してみなさい。シェフが作ったものではない他の食べ物で、味がするか」

「味……」

子どもの頃、自分で歪《ゆが》ませてしまった、味覚。

「もうあなたは自分が何なのか認めている。そうでしょう？」

人間であることに固執《こしつ》して、吸血鬼である自分を否定して抑えつけた結果が、食べ物の味を感じないことに繋がった。ずっと、結は中途半端な存在だった。

いまなら？

スライスされたレモンを一切れ。

口に入れる。

途端、『味』が口内に広がった。

「——すっぱい」

味覚が、戻った。

曾祖母とは、あっさりと別れた。連絡先の交換もない。別れ際、彼女が言っていた言葉を、結は脳裏で反芻《はんすう》した。

『——人間と関わり合うなら、速度を考えなさい。身体は生きていても、あなたも吸血鬼よ。それがあと数年もすれば顕著《けんちょ》になる。人間の中に大切な者ができても、必ずあなたを置いてゆく。それを忘れないことね』

今日から、笙の監視はつかなくなった。曾祖母と会った土曜日の夜から、危険性はなくなったと判断された。

教室へ入る。いつもは、まっすぐ隅っこに向かう。結の特等席だ。ぼっち席。しかし結は、そこへは向かわず、いままで自分からは好きこのんで近寄ろうとしなかった、ある集団に向かった。微かに血の匂いがする。美味しそうだと思う。飲みたいと思う。

でも、もうそれに振り回されることはない。

レモンの酸っぱさを皮切りに、『すずらん』以外で食べる食事の味も、感じられるようになっていた。無理に『食欲』を抑えつけなくなったからだろう。

咲良の周りには、たくさんの友達がいる。彼女たちの訝《いぶか》しげな視線に、一瞬臆《おく》しそうになる。しかし、それを結は振り切った。もう、嫌われるのを怖がっているだけの自分は、卒業した。

息を吸って、はっきりと声をあげた。

「小松さん」

聞こえているだろうに、咲良の背中は、背けられたままだ。

言い直した。

「——咲良ちゃん」

驚いたように、咲良が振り返った。

「今日、一緒に、お昼ご飯を食べませんか」

了

あとがき

こんにちは。『行列のできる不思議な洋食店』を手にとってくださって、ありがとうございます。秋目《あきめ》人《じん》と申します。

作中の舞台、洋風家庭料理店『すずらん』が建つ場所は、東京都日野市《ひのし》の髙幡不動《たかはたふどう》駅周辺をモデルにしています。近くにある髙幡不動尊は、参拝はもちろん、散歩にもってこいの場所でもあります。あじさいの季節にゆっくり巡ってみたのですが、花々が実に見事でした。不動尊に入る前に仁王門の二体の金剛力士像もじっくり眺めたいところです。しかし、この仁王門。『行列の〜』の企画を出し、もうすぐ第一稿も書き上がるというあたりで白いシートで覆われ、耐震補強の工事中に。この本が店頭に並ぶ頃には工事も終わっているでしょうか。

さて、本作は洋食店を中心としたお話です。各章では『すずらん』ならではの客と共に特定の食べ物がクローズアップされます。

それにならって、あとがきでも一品取り上げてみます。『うの花ドーナツ』です。

本作を書いていて、髙幡不動駅界隈を散策中、豆腐屋さんで売っていたので試しに買ってみた商品。それが、薄茶色で何の飾りもないシンプルな見た目の、卯の花のドーナツでした。いや、とくにドーナツが好きというわけではなかったのです。

ところが食べてみると、卯の花、つまり単体だともさもさが気になりがちなおから感がなく、驚くほどさっぱりとしていて砂糖は控えめ、何個でもいけそうな味わい。かつ冷蔵庫で冷えている状態のものを取り出しても美味いという一品。

小説の執筆はやはり土日祝日が勝負です。執筆の進みが早くても遅くても、長時間書いていると集中が切れ、脳が甘いものをくれと訴えてきます。そんなときのために、『うの花ドーナツ』です。このドーナツがあってこそ『行列のできる不思議な洋食店』が完成したと言っても過言ではありません。

そして、一個だと決めていてもつい二個目に手を出し、断腸《だんちょう》の思いで伸びた三個目への右手を左手で払うという己《おのれ》との戦いが繰り広げられるわけです。次巻があれば、勢いあまって『すずらん』のメニューに卯の花のドーナツをねじ込みそうです。

それでは、最後に、改稿に何度も付き合って下さった担当さん、素晴らしい表紙と口絵を描いて下さったオオタガキフミさん、携わった方々に感謝申し上げます。

二〇一五年九月　秋目人

参考文献

『幻想世界の住人たち』健部伸明、怪兵隊(新紀元社)

『図説ヨーロッパ怪物文化誌事典』松平俊久　蔵持不三也監修(原書房)

『食の世界地図』21世紀研究会編(文藝春秋)

『食の歴史を世界地図から読む方法』辻原康夫(河出書房新社)

『カレーライスの誕生』小菅桂子(講談社)

『明治洋食事始め　とんかつの誕生』岡田哲(講談社)

『決定版 365日の誕生花』(主婦と生活社)

秋目 人

著作リスト

騙王《かたりおう》（メディアワークス文庫）
謀王《はかりおう》（同）
絵画の住人（同）
黒百合の園　わたしたちの秘密（同）
依頼は殺しのあとに（同）
ショコラの王子様（同）
行列のできる不思議な洋食店　～土曜の夜はバケモノだらけ～（同）
乙女ゲーの攻略対象になりました…。（電撃文庫）
乙女ゲーの攻略対象になりました…。2（同）

本書は書き下ろしです。

◇◇メディアワークス文庫

行列《ぎょうれつ》のできる不思議《ふしぎ》な洋食店《ようしょくてん》

~土曜《どよう》の夜《よる》はバケモノだらけ~

秋目《あきめ》 人《じん》

発行 2015年10月24日 初版発行

発行者 塚田正晃
発行所 株式会社KADOKAWA
〒102-8177 東京都千代田区富士見2-13-3
プロデュース アスキー・メディアワークス
〒102-8584 東京都千代田区富士見1-8-19
電話03-5216-8399(編集)
電話03-3238-1854(営業)
装丁者 渡辺宏一(有限会社ニイナナニイゴオ)
印刷・製本 旭印刷株式会社

ISBN978-4-04-865510-1 C0193

メディアワークス文庫 http://mwbunko.com/
株式会社KADOKAWA http://www.kadokawa.co.jp/

本書に対するご意見、ご感想をお寄せください。

あて先
〒102-8584 東京都千代田区富士見1-8-19 アスキー・メディアワークス
メディアワークス文庫編集部
「秋目 人先生」係

座敷童子の代理人
仁科裕貴

人生崖っぷちの妖怪小説家・緒方司貴がネタ探しに向かったのは、座敷童子がいると噂の旅館「迷家荘」。だが、座敷童子はもういないという。司貴は不思議な少年に導かれ、座敷童子の代理人として旅館を訪れる人間や妖怪の悩みを解決することに……⁉

に-3-2
355

座敷童子の代理人2
仁科裕貴

小説家の端くれ・緒方司貴のもとに遠野から謎の宅配便が届いた。その中身とは……子狸の妖怪⁉ お悩み解決のため遠野の旅館「迷家荘」へ赴くことになった司貴は、またもや妖怪たちが起こす無理難題に巻き込まれてしまうようで……。

に-3-3
391

そして、君のいない九月がくる
天沢夏月

その夏、恵太が死んだ。遺体が見つかったのは、みんなで遊びに行く予定だったキャンプ場。死の真相は、すべて謎のまま。そんな最悪な夏休み、ショックで引きこもっていた美穂の前に現れたのは、恵太そっくりの少年で……？

あ-9-6
387

レトリカ・クロニクル
第21回電撃小説大賞〈銀賞〉受賞
嘘つき話術士と狐の師匠
森日向

巧みに言葉を操って、時には商いをし、時には紛争すらも解決する「話術士」。狐の師匠カズラと共に話術士の修業を積みながら旅をする青年シンは、若き狼の女族長を助けようとして大きな陰謀に巻き込まれていく。

も-1-1
334

レトリカ・クロニクル
香油の盟約
森日向

交渉による難局解決を生業とする話術士シンと狐の師匠カズラ。二人は人間の支配を受ける赤犬の部族の独立運動を手伝うことになるが、複雑に絡み合う因縁や思惑がシンたちを思わぬ窮地に陥れる！ レトリックファンタジー第2弾‼

も-1-2
392

メディアワークス文庫

おきつねさまのティータイム
高村 透

心休まる洒落た雰囲気の紅茶専門店マチノワでは、女の姿に化けた狐が紅茶を出してくれるという――。これは、人を騙すことがきわめて下手な狐と、人を騙して生きてきた詐欺師との、嘘と紅茶にまつわる物語である。

た-4-6
388

アンダーワールドストリートへようこそ
～不運な女の子と呪われたボディガード～
真坂マサル

裏社会通り。呪いを抱える〝厄人〟が集う街にいるのは、忘れられる女殺し屋、生ける藁人形の探偵、インチキ霊媒師……そして「ただの不運な女の子」は、迷い込んだその街で、全てを「生かす」呪いに憑かれた男に出会い――。

ま-4-1
390

お待ちしてます 下町和菓子 栗丸堂
似鳥航一

どこか懐かしい和菓子屋『甘味処栗丸堂』。店主は最近継いだばかりの若者でどこか危なっかしいが、腕は確か。たくさんの人が出入りする店はいつも賑やか、何かが起こる。和菓子が起こす、今日の騒動は？

に-2-4
266

お待ちしてます 下町和菓子 栗丸堂2
似鳥航一

浅草の仲見世通りから少し外れると、懐かしい雰囲気の和菓子屋が見えてくる。今日も、町の人たちが持ち込む騒動で、店は賑やか。若い店主が腕をふるう和菓子と一緒に、一風変わった世間話でもいかが？

に-2-5
307

お待ちしてます 下町和菓子 栗丸堂3
似鳥航一

浅羽が調べた葵の正体に、心揺れる栗田。和菓子が育む縁は異なもの味なもの。三者三様の想いとともに、浅草の季節はうつろいでいく。いっぽう、甘味処栗丸堂は笑いあり涙ありの騒動続きで？

に-2-6
347

メディアワークス文庫

博多豚骨ラーメンズ2
木崎ちあき

人口の3％が殺し屋の街・博多。〝殺し屋殺し〟の噂を聞きつけ、新たな刺客が博多に参入。北九州の危険な男・猿渡、殺し屋コンサルタント・新田、生きる伝説G・G。〝殺し屋殺し〟を巡り、再び嵐が吹き荒れる！

き-4-2
300

博多豚骨ラーメンズ3
木崎ちあき

人口の3％が殺し屋の街・博多で、数々の思惑と因縁が絡む抗争が勃発。巻き込まれていく馬場、猿渡、榎田、そして起きた「林憲明連続殺人事件」。悲しい過去が甦る時、殺し屋たちの絆をかけた命懸けの対決が始まる！

き-4-3
341

博多豚骨ラーメンズ4
木崎ちあき

人口の3％が殺し屋の街・博多に、巨悪なサイバーテロ組織が上陸。ハッカー暗殺を企む組織を調べる榎田に、逆に魔の手が忍び寄る。榎田暗殺を目論む組織が張り巡らせた罠に、林と馬場も巻き込まれていき――。

き-4-4
377

オーダーは探偵に
謎解き薫る喫茶店
近江泉美

就職活動に疲れ切った小野寺美久が、ふと迷い込んだ場所。そこは、王子様と見紛う美形な青年がオーナーの喫茶店『エメラルド』。その年下の王子様は意地悪で嫌みっぽい、どんな謎も解き明かす『探偵』様だった――。

お-2-1
168

オーダーは探偵に
砂糖とミルクとスプーン一杯の謎解きを
近江泉美

王子様と見紛う美形の青年・悠貴との最悪の出会いを経て、喫茶店『エメラルド』でウェイトレス兼探偵を務めることになった美久。ドSな年下王子様とその助手の許に、今日も謎解きの匂いがほのかに薫る事件が舞い降りる。

お-2-2
201

メディアワークス文庫

オーダーは探偵に
グラスにたゆたう琥珀色の謎解き
近江泉美

王子様と見紛う美形の青年・悠貴がオーナーの喫茶店でウェイトレス兼探偵を務める美久。今日も謎解きの匂いがほのかに薫る事件が舞い降りる……はずが、今回は探偵であるはずの二人が密室に閉じ込められてしまい？

お-2-3
233

オーダーは探偵に
謎解き満ちるティーパーティー
近江泉美

どんな謎も解き明かすドSな王子様探偵・上倉悠貴に命令され、彼の高校にやってきた小野寺美久。自身が名探偵であることを伏せたい悠貴の代わりに、美久が『エメラルドの探偵』として学園内の謎解きに挑むことになり……。

お-2-4
278

オーダーは探偵に
季節限定、秘密ほのめくビターな謎解き
近江泉美

ドSな高校生探偵・上倉悠貴がオーナーを務める喫茶店『エメラルド』。そこで助手兼アルバイトをする女子大生・小野寺美久のもとに、悠貴のライバル・花見堂聖が現れる。そしてなぜか、美久と聖はコンビで謎解きに挑むことになり……!?

お-2-6
345

オーダーは探偵に
謎解きは舶来のスイーツと
近江泉美

喫茶店エメラルドに、金髪碧眼の美少年・ダニエルがやってきた。美久との奇妙な縁で悠貴たちと同居することになった彼は、ウェイターとして働くことに。店の客からは「選ばれしイケメン店員しかいない喫茶店」と噂され……。

お-2-7
380

第21回電撃小説大賞〈メディアワークス文庫賞〉受賞
ちょっと今から仕事やめてくる
北川恵海

ブラック企業でこき使われる隆を事故から救った男、ヤマモト。なぜか親切な彼の名前で検索したら、激務で鬱になり自殺した男のニュースが――。スカっとできて最後は泣ける〝すべての働く人たちに贈る、人生応援ストーリー〟。

き-5-1
335